新詩三百首

百年新編

台灣篇 1

張默　蕭蕭　主編

百年系譜・草擬地圖

——《新詩三百首》百年新編版序

蕭蕭

一九一七年一月由陳獨秀、錢玄同、胡適、沈尹默、劉半農、魯迅等人所主導的《新青年》（一九一五年九月——一九二二年七月）已經出版到第二卷第五號，一月刊行一號，六號合稱一卷，將近一年半的歲月，累積了許多新能量，特別是一九一七年一月這一期，胡適（一八九一年——一九六二年）所發表的《文學改良芻議》，完全改變了華文世界的語文書寫習慣，文言與白話逐漸走向分離的路向，筆尖與舌尖卻轉而彙整、會合而趨於一致。緊接著的第二卷第六號，胡適發表了八首正式以白話寫作的新詩，成為震古鑠今，新詩最早的啼聲。《新詩三百首》作為華文世界最早、最完善而周全的新詩選集之一，特別選擇二〇一七年二月推出《新詩三百首》百年新編版，即是忠於歷史的真誠，追求詩作的美善，所施所為的負責任表現。

俯瞰這百年新詩發展軌跡，一九一七—一九四九年歷經嘗試派、創造社、新月派、象徵派、現代派、九葉詩派的慘澹經營，此一篳路藍縷的草創期計有三十二年歲月，可以視為世界各地所有華文新詩的共同源頭、共同瑰寶。舊版《新詩三百首》將此一時期稱之為「大陸篇．前期」，此次回歸歷史中性真相，稱之為「五四時期」，可以讓漢語新詩界一起珍惜、一起享有這份資源。

「五四時期」的新詩浪潮，在日據下的台灣詩壇偕同中文、日文、台語漢字，各自展現出不同的風采，追風（謝春木，一九〇二—一九六九年）的〈詩の真似する〉（詩的模仿），這是一首以日文撰寫包括四首短詩的組詩，發表於一九二四年四月十日的《台灣》雜誌第五年第一號，稍晚於胡適首作七年又兩個月，若此，由日文翻譯輸入的西方思潮，日文短歌、俳句的傳統蘊含，漢文、漢詩的古典思維，五四新文化運動的便捷白話，成為影響台灣新詩寫作最早的四股暖流，藉以彰顯台灣宋元以來的多元文化形貌。

在大陸本土，「五四時期」的新詩反而沉潛而成為伏流幾近三十年，台灣則在紀弦（一九一三—二〇一三年）「橫的移植」的橫衝直撞下開滿異色的花，存在主義、意象主義、象徵主義、現代主義、現實主義、超現實主義，識或不識，囫圇或細研，自由的風因而吹遍美加、菲律賓、泰國、馬來西亞、新加坡諸國，五四加台灣，成為東南亞地區華文世界的新文化傳統、新文化養分。因此，新版的編輯將「五四時期」加「域外篇」都為一冊，紮紮實實的一百年新詩發展，如實呈現，但其空間則涵蓋了全球華文新詩出現的山海天地。

「台灣篇」則自日治時期蒐羅，以迄於二十一世紀的今天，資料最為豐碩，全新一書已無法承載，分裝二帙，積累一千頁的皇皇選集，可以支撐一部持平的台灣新詩史。

依往例，入選詩人一律按出生年月先後編排，每家詩後附作者小傳及編者鑑評；卷前有余光中先生序文及編者導言（寫於一九九五年），歷述中華新詩發展史實、詩潮演化、系譜歸類及其他；卷末附張默先生〈跋〉，概述本書編選之苦樂點滴。本書入選詩人橫跨台灣、大陸、港澳、東南亞、美加各地，上下縱貫一百年（一九一七—二〇一七年），所以，以西元紀年為標誌，依然標舉「清明有味、雅俗共賞」，希望入選詩作大體均能貼近此一水平，俾使當代新詩佳作，歷久彌新，為海內外廣大華文讀者所共享。

新詩發展一向以兩股交錯的力量糾結而行，如「**X**」。**X**之後又有**X**，**X**之旁也有**X**，固結成網，牢而不可破，如《老子》所言：「有無相生，難易相成，長短相較，高下相傾，音聲相和，前後相隨。」（第二章），這二股力量相對衡而不相對立，相對立而不相對峙，相對峙而不相對抗，或分或合，時緊時鬆。「**X**」在數學符號的使用上，往往有著「不可解」的意涵；在日常生活中，「**X**」則是網結的最基本形制，也是從簡約走向複雜的第一步，相繫相連，互有進退，卻也不一定要以輸贏相品論。何況，大「**X**」之下有小「**X**」，細密網絡，情趣理趣皆可覓取。

從孔子《詩三百》到清朝蘅塘退士的《唐詩三百首》，自有其足資信賴的標準，本書也採三百之數，選擇略為寬鬆的數字，期望能為百年漢語新詩留下佳作，無愧於詩三百此一珍貴傳統，可以為過去的百年留下系譜，可以為未來的歲歲年年草擬想像的地圖。

蕭蕭　寫於二〇一七年一月　明道大學

一九九五年初版序：

當繆思清點她的孩子

——跨海跨代的《新詩三百首》

余光中

1.

二十七年以前，正當文革亂世，古中國罹患了空前的惡疾。我雖然隔岸觀火，卻感同共焚，悲痛之中，寫了一首詩，叫〈讀臉的人〉，開頭是這樣的：

有客自遠方來，眉間有遠方的風雨
我要他講一些可驚的事情
「那些面孔！沒有什麼比那些更可驚」

他說。「一張臉是一個露體的靈魂
敏感如花，陰鷙如盾，猙獰如傷口
或美，或醜，讀一張，就一次顫抖
終於每一個夢都用臉，那些臉，組成
那些臉，臉的圖案，不，臉的漩渦
在我四周瘋狂地旋轉」

受驚的主人憂懼之餘，只覺夜長夢多，患得患失，經歷了一整部險惡的現代史。幸好詩末是這樣的結局：

就這樣，惡夢延長，直到卯辰
一轉身，就出現那孩子的臉
晶亮的眼睛流溢著驚異
可笑，可愛，不怎麼耐看
新得像一朵雛菊，一個預言
我看見那張臉向我仰起
似乎在慶祝一件事要過去

我看見那張臉舉起了信仰
像一朵雛菊自一畝荒田……」
說著，他眉間透出了陽光
我認出失蹤的，很久以前
我認出自己失蹤的兄弟
有客自遠方來，自遠方的風雨

從一九四九年起，這兩兄弟互為「失蹤」達三十年之久；兩岸的作家當然也在其列。直到一九八一年底，我才在香港見到了前輩作家辛笛與柯靈，並在中文大學主辦的研討會上發表了一篇論文：〈試為辛笛看手相〉。近十多年來，兩岸的文藝交流日頻，詩人們不但在對岸刊詩、出書，甚至還隔水唱和、越峽論詩，大陸詩人甚至獲得台灣的詩獎，而台灣詩集居然在大陸銷暢。這一切，在文革的黑暗時代全然不可思議。當時的大陸作家，肉體與靈魂都在劫火裡煎熬，自顧之不暇，怎麼會想到台灣有沒有文學的這種閒事？彼此的印象大概不外乎：台灣無詩，即有，也無非蒼白頹廢之作；大陸無詩，即有，也無非政治宣傳。當時，誰想得到會有這樣一部跨代跨海的中國新詩「通選」呢？

史家縱論歷史的發展，常說什麼「分久必合，合久必分」，其間似乎十分玄妙。其實簡而言之，當可發現，使人分開的，是政治，而使人融合的，是文化。所以兩岸交流，最自然的是文化，而最複雜的是政治。像《新詩三百首》這麼一部鉅著的編選與出版，若無藝術上的共識與默契，而斤斤計較意識形態的正誤，將全不可能。不要說在文革期間了，就算早在五〇年代初期，要把這兩百多位詩人並列在同一張封面之下，都是不可思議的事。例如王瑤在五〇年代初編寫又再修訂的《中國新文學史稿》，出版之後就屢遭北京大學中文系「集體寫作」的嚴厲批評，其理由有四：「第一，把新文學運動的性質描寫成資產階級領導的舊民主主義性質的運動，否認社會主義因素是新文學運動中起決定作用的因素。第二，把文學事業描寫成個人的事業，而不是黨的事業，階級的事業。第三，混淆了、取消了兩條道路的鬥爭……感覺不到無產階級文藝思想在與資產階級文藝思想的鬥爭中所取得的一次又一次的勝利，而只看到一些個人與個人之間的爭吵糾紛。第四，否認黨對文學事業的組織領導作用。」[1]理由雖然冗贅其詞、列了四條之多，其實只有一條，就是沒有把文學當作政治的工具。兩岸文化交流，如果有一方還未脫政治工具論的舊調，那無論分得多久，恐怕也難見其合。

2.

《新詩三百首》把一九一七到一九九五之間中國新詩的發展，分為四卷，即「大陸篇前期」、「台灣篇」、「海外篇」、「大陸篇近期」。這樣的區分以地域為準，不但方便，而且清楚，頗為高明。大陸篇再分前期和後期，並且分置於台灣與海外之前後，則於地域之外更照顧了年代，顯示新詩不但發軔於大陸，而且從五〇年代以迄七〇年代，在大陸上遭受政治壓迫而近於中斷者，凡三十年。

大陸前期（一九一七—一九四九）從劉大白到綠原，選了三十七位詩人，其中已故者二十五人，現存者最年輕的也已七十三歲了。這三十七位前輩，有的天不假年，有的早封詩筆，有的改寫舊詩，有的熱中政治，更多的是才入壯年就「解放」了，像馬雅科夫斯基那樣，與新社會格格不入，總之很少能像杜甫或葉慈那樣得竟其詩人之全功。新詩的根基未能深廣，政治的壓力當為一大原因。

大陸前期的三十二年，外國思潮紛至沓來，國內政局波動，戰亂頻仍，詩壇變化自多。大致而言，三〇年代是一條顯然的分水嶺。在這以前，無論是白話詩要取代舊詩，格律詩要整頓自由詩，或是古典、浪漫、象徵等等風格的相激相盪，西方詩歌、日本俳句、印度哲理的多般啟發，其進展大多以文學為本。但是進入三〇年代之後，前有「中國左翼作家聯盟」成立於一九三〇年，後有抗日戰爭爆發於一九三七年，於是意識形態與社會生活都傾向集體主義，而詩，正如左聯的理論綱領所謂，必須為「無產階級的解放鬥爭」服務。也就是說，以前的詩人是文壇的個體戶，不妨自我言志，從此卻入了文壇的公社，必須為某一階級，其實是為某一政黨，去載道了。這樣的轉變對於詩人何止是言不由衷，其結果往往無補於政治，卻有損於繆思：郭沫若、何其芳，甚至卞之琳的某些後期作品，便常有這種「變而不化」的現象。

不過在「後左聯」或抗戰的時期，詩壇仍然有一些真實的聲音。綠原、曾卓、牛漢等「七月」派的詩人風格樸素，有寫實的精神；穆旦、杜運燮、鄭敏、陳敬容、袁可嘉等「九葉」派的作者受西方現代詩的影響，流露主知甚至玄想的風格。辛笛的《手掌集》頗能融合古典與現代，有清新之氣，是《九葉集》的主力。馮至的《十四行集》師承里爾克，將靜觀冥想的風格約束在十四行的紀律之中，開啟了四〇年代中國新詩明淨主知的新途，可謂九葉之先導。這兩本薄薄的詩集至今猶曳著大陸前期新詩美好的尾聲，只可惜在隨後的國共內戰與政治變局裡，這清音不得播揚。

一九四九年，正當現代與當代交替，《九葉集》的九位詩人都在盛年，最長的辛笛才三十七歲，最幼的還不到三十。歷史無情的手指突然將他們點了穴，熱血的脈搏有不得跳者三十二年，直到一九八一年他們的合集才得見陽光，而這時，穆旦已歿，餘人也都已過了六十。一群老詩人集體的「處女作」，這歷史的嘲謔說明了，大陸新詩近期（一九五〇——一九九五）的前三十年，詩運在政治的高壓下沉淪了多久，多低。

另一顯例，是所謂「胡風集團」的「七月」派詩人，一九五五年因涉「胡風案件」而入獄、流放、勞改，直到一九八〇年才獲平反。綠原、曾卓等的年紀與「九葉」詩人相仿，但在徒耗青春之際卻比他們多受折磨。儘管「七月」和「九葉」的部分作者在復出之後還可以重揮詩筆，但是三十年的浪費卻無可補償。

在那三十年間，文學完全淪為政治宣傳的工具，很少耐久的藝術價值，即使有才有志的作家不甘人云亦云，寫出了一些獨創的作品，也難逃什麼個人主義、形式主義，甚至反動之類的批判。儘管表面上也曾有新民歌、政治抒情詩等的盛況，其實那種詩往往失之誇大、抽象、淺顯、粗糙，只是把口號草草修辭加工而已。至其極端，竟有江青揠苗助長的所謂「小靳莊詩歌」，更是不淘自汰。

當然，在那三十年間，嚴肅的詩人並不缺乏，但是在教條與批判之間既然動輒得咎，詩的生命不是被壓抑便是被扭曲，也就難以自然成長、盡情發揮。例如邵燕祥的〈賈桂香〉，流沙河的〈草木篇〉，蔡其矯的〈紅豆〉、〈霧中漢水〉、〈川江號子〉等詩，由於批評甚至只是暗示了現實，刊出之後莫不遭受嚴懲。[2] 這一輩的詩人，和稍早於他們的「七月」、「九葉」等的作者，在台港與海外讀者之間，較為陌生，因為他們沒有機會像徐志摩、聞一多、郭沫若、艾青那樣成名於「解放」以前，更沒有自由能像朦朧詩的作者那樣擺脫了普羅文學的重擔，而發軔於「開放」之始。無情的政治大磨，磨盡了他們寶貴的壯年。

在《新詩三百首》裡，大陸後期的篇幅有三分之二都配給了「崛起的詩群」，其重視可見。十年文革像惡夢幢幢的長夜，直到一九七六年清明節的天安門詩歌運動，才一線破曉，但是還要再等兩年半，到一九七八年底《今天》詩刊出版，天才大亮。反諷的是，北島、顧城、江河、舒婷、楊煉等新人的新作，反而以朦朧詩為名，而且引起文壇正統的質疑、非議。這些青年大多出生於「解放」之後，而且在文革的劫火中歷經狂熱與幻滅，對於當前的現實有切膚之感，發為「後文革」的新詩，自有一股反叛傳統、肯定個人自尊的銳氣。在開放以前，詩人在政治的漩渦裡只能扭扭捏捏，跟藝術暗暗偷情，但是在「新詩潮」中，這些青年就不再敷衍政治，公然追求起繆思來了。

朦朧詩引起了爭議，卻也因此擴大了影響，而開明的評論家及時聲援，也助長了新詩潮的澎湃。謝冕的〈在新的崛起面前〉、孫紹振的〈新的美學原則在崛起〉、徐敬亞的〈崛起的詩群〉環繞著這些爭議先後發表，雖然也不免遭受到政治的批判，卻在文壇引起更大的關懷，尤令海外甚至國際的同道注目：抑之適足以揚之，倒成了反效果。同時在開放的氣氛下，繼朦朧詩而起的更年輕的一代，所謂新生代，面對後文革漸趨開放而多元的社會，紛紛組織詩派，標榜主義，各行其是，甚至揚言要推翻前面的一代。[3] 大陸後期所選的四十六位詩人之中，自于堅、韓東以下，幾近三分之一都屬新生代，其中頗有幾位顯然有才，但是尚待時間的考驗。

七十年代末期詩壇的另一現象，便是為數頗多的中、老年詩人，以前為了種種政治的糾葛，或早或晚地被迫停筆，這時終獲平反，紛紛復出而再度創作。其中老一輩的包括艾青、蘇金傘等，中年一輩包括公劉、流沙河、邵燕祥、昌耀，加上受害最深的「七月」派和養晦最久的「九葉」派，重新拾筆的固然不少，但是新的現實應如何入詩，而舊的詩藝又應如何重振，都是難題，所以真能超越故我的並不太多。[4]

3.

不同於〈大陸篇〉前後兩期的斷層安排，〈台灣篇〉是一氣呵成的通選。在〈大陸篇〉前後兩期，新詩的發展判然可分，但是在〈台灣篇〉裡，由於政治的變遷，語言的消長，詩運卻大盛於五〇年代以降。看得出，在入選的一〇七位詩人之中，只有從賴和到水蔭萍這六位是光復以前在五四的召喚之下創作新詩的，民初的語言和詩體顯然可見。但是緊接著從覃子豪起，台灣的新詩壇便加速向現代詩推進了：從五〇年代中期一直到七〇年代早期，可謂現代詩的全盛期。論述現代詩發展的文章已多，以詩社的此消彼長為其經緯者亦復不少，凡此種種，都無須在此贅述。我只想指陳下列數點：

首先，所謂現代詩有廣、狹二義。狹義的現代詩以追求西方的現代主義為目標，凡波特萊爾以降的西方詩派均為其取法的對象，至於詩體，則強調用散文來寫自由詩。其間心靈用力的方向，早期則強調反浪漫的主知主義，後期卻轉而熱中解放潛意識的超現實主義。至其末流，不幸每淪於晦澀與虛無。廣義的現代詩則無意自囿於如此的「橫的移植」，卻想在現代與古典、主知與抒情、超現實與寫實之間有所取捨，並加融合。廣義的現代詩似乎欠缺「前衛性」，但今日回顧，卻也較少「後遺症」。

其次，歷來對台灣現代詩的評斷，千篇一律，幾乎不假思索，逕稱其為全盤西化。其實廣義的現代詩從來沒有否定中國文學的古典傳統，無論在主題或語言上均有相當繼承，及其後期，甚至還有新古典的繼起。

至於當年的詩人何以如此熱中於向西方取經，其原因也不能簡化為純然「崇洋」。台灣地促島孤，當時的政局蹇困、社會保守、資訊閉塞，詩人們易患文化恐閉症，自然想追求世界潮流。加以當局只解鼓吹反共文學，尤其是所謂「戰鬥文藝」，青年詩人乃引「外援」以為對抗。同時對岸的意識形態所厲行的那種普羅文學，強調什麼階級鬥爭，更令人感到莫大的壓迫，那威脅對於剛剛渡海過來的外省青年詩人，尤為真切。至於本省詩人熟悉的日本現代詩，原就深受西方現代主義的影響。一迎一拒之間，西化自有其心理背景。

現代詩曾經帶來晦澀與虛無，但是它在語言和意象上的創新，對其他文類，尤其是散文的影響，不容低估。現代詩人對現代畫的鼓吹，現代詩對民歌的提升，也有其貢獻。

現代文學焦慮眼前的時間，鄉土文學關懷腳下的空間：鄉土文學是傾向寫實的，應無疑義。從六〇年代底到七〇年代初，台灣的逆境逼人而來，使作家在自我之外更感到群體的處境，而有反思自省認真寫實之必要。先是保釣運動激起了海外華人的民族主義，繼而退出聯合國，又與美國、日本斷交，在在都逼迫作家深切思索政治認同的問題，於是鄉土文學應運而起。

其實在這名稱確立之前，台灣文學之中早有鄉土寫實的成分，例如黃春明描寫小人物的小說早在七〇年初就已出現，而一九六四年創立的《笠》，在即物主義的探索、現實人生的批評之外，已倡導鄉土精神的維護了。他如《龍族》、《大地》、《後浪》等等詩社成立於七〇年代之初，亦多以鄉土為標榜。不過在鄉土文學論戰之初，正如呂正惠所言，鄉土一詞的含義與民族頗有重疊，而其立論之中也曾有「明顯的左翼色彩，強調文學的社會功能與階級性。」[5]

所以一開始，鄉土文學所謂的「鄉土」在空間上並不確定，可指台灣，亦可泛指中國，而其中的民族主義可指中國的傳統文化，亦可僅指五四以來的反帝國主義。幾經辯論以後，左翼的色彩消失，鄉土的空間確定，民族調整為族群，於是鄉土文學終於定調為台灣文學。

不過鄉土文學的主力多在小說，不盡在詩，所以在文學本土化的運動之中，鄉土詩的激盪不如鄉土小說。還有一點，現代詩崛起於六〇年代，當時台灣的社會還未及工業化，所以現代詩抒發什麼現代人在工業社會的孤絕感等等，不免顯得早熟。反之，鄉土文學鼓吹於七〇年代後期，當時台灣倒是工業化了，再回頭去寫農村，卻有點懷古戀舊的意味。不久，純情的鄉土詩轉化為較具知性的社會詩、政治詩，也有人採用台語來寫。但是進入八〇年代的後工業社會，新聞詩、都市詩，甚至環保詩相繼出現，於是現代詩也進入了後現代。

八〇年代以降，台灣的社會開發而多元，已趨近西方的資本主義社會，表面的進步下更露出人文的、自然的各種病態，現實之複雜弔詭也已經不是鄉土文學所能處理。加以解嚴之後言論百無禁忌，資訊潮湧而來，旅遊則無遠弗屆，台灣被推入地球村裡，國際化之勢日益顯著，鄉土之關何能久守？

所謂後現代詩也是百無禁忌，無論政治的、道德的、隱私的、美學的任何「大限」都可以突而破之。問題在於破後是否能立。其實今日在後現代名下寫的詩，無論其語氣是低調、謔調、反調，跟六〇年代的老現代詩之間，往往分別不大。文學在多元的民主社會裡，甚至連小眾化也不一定能把握。但是後現代的作品無論如何翻案出奇，對以前的典範諧擬也好，反諷也好，顛覆也好，其互文的背景常會困惑讀者，難處不下於僻典冷經。這現象也見於對岸「新生代」的詩人，也許這不過是一過渡，終有一天會破而能立，將現代詩帶上二十一世紀的大道。

4.

〈海外篇〉的時間始於一九四九年，也就是當代之初。這樣的畫分不無爭議，我想兩位編輯也有其苦衷，因為「海外」的定義不明，而「海外」的身分也會變化。例如大陸前期的李金髮，後半生客居他鄉長達三十年，歿於紐約，可謂海外詩人了，卻未列入〈海外篇〉。北島旅居歐洲，去國多年，顧城甚至死在南半球，卻仍名列大陸篇的後期。編輯的安排是對的，因為李金髮的名字應該和戴望舒排在一起，才有意義，而北島、顧城也不應和舒婷分開。既然如此，紀弦又何以排在海外呢？紀弦到台灣，已入中年，而晚歲定居美國也已經很久，但他的詩人生命和影響卻在台灣，而「美國居」的意義並不重要。他的名字天經地義應在覃子豪、鍾鼎文之間。問題是將他歸位之後，方思、夏菁、林泠等又怎麼辦呢？他鄉之客若皆召回國來，〈海外篇〉雖不至於取消，恐怕也只剩下周粲等幾個人了。鄭愁予、葉維廉、楊牧、張錯、非馬等又不同，因為他們的美國經驗與後期作品不可分割。

但丁三十七歲流放國外，終老他鄉，《神曲》是在國外寫成。我國的屈原、賈誼、韓愈、柳宗元、蘇軾等等，也都是流放詩人。這些詩人都是見逐，但是〈海外篇〉的多數作者卻是自放，其中不少已經多年不寫或寫得很少，令人懷念。可見近八十年的新詩壇上，繆思的笑靨並不常開：大陸詩人的彩筆屢在政治運動裡繳械，海外的詩人卻常在寂寞之中自己擱下彩筆。也因此，迄今仍未擱筆的一群，更值得我們珍惜。

〈海外篇〉的三十四位作者之中，三分之二是從台灣出國去的，有的是在島上出生，更多的是原本來自大陸、香港、新加坡而在島上成為詩人；無論來龍去脈有多少差異，台灣這塊詩之沃土對他們孕育培養之功，無可否認。這四十多年來台灣一島詩人之多、詩藝之盛，對海外華人詩壇影響之深遠，在中國文學史上確為一大壯觀。

5.

書以《新詩三百首》為名，令人無可避免地聯想到也是三百篇的《詩經》和《唐詩三百首》。非常巧合，英國詩的經典選集《詩歌金庫》（*The Golden Treasury of Songs and Lyrics:* **selected and arranged by** Francis T. Palgrave, 1861），所選作品是三三九首，而《英格蘭與蘇格蘭民謠集》（*The English and Scottish Popular Ballads:* collected by F. J. Child）所選的民謠，恰為三〇五首，與《詩經》首數相同。《詩經》之作成於周朝初年到春秋中葉，為時約五百年，平均每年約得〇．六首。《唐詩三百首》實為三〇三首，分配給唐朝的二八七年，平均每年約得〇．九五首。英國的《詩歌金庫》三三九首分配給一五二六到一八五〇的三二四年，每年約得一首。也就是說，英詩之盛，從莎士比亞到華滋華斯，抒情詩歌的傑作每年只得一首；中國古典詩歌在周朝與唐朝之盛，每年選得出來的佳篇還不到一首。

反之，從一九一七年迄今，不到八十年間，本書卻選出了三三六首，每年平均超過四首，似乎新詩佳作出現的頻率簡直要四倍於唐詩了，未免自負了一點。問題在於這部《新詩三百首》

選入的作者多達二百二十四人，而《唐詩三百首》只選七十六人，英國的《詩歌金庫》只選八十六人。《唐詩三百首》和《詩歌金庫》只選古人，但是《新詩三百首》的二百多詩人裡，已故者三十八位，只有六分之一強。

選現存的作者，未經時間淘汰，當然較難取捨，而且礙於情面，未免會選多些。人選多了，每人名下的作品當然也就相對減少，因此《新詩三百首》中大多數作者只選一首，而選得多的也只限五首，有僧多粥少之憾。《唐詩三百首》由七十六人來分，每人平均四首，所以李白廿八首，杜甫卅六首，王維廿九首，李商隱廿二首，孟浩然十五首，白居易雖只六首，卻包括了兩首長詩，都能呈現各自的風格和體裁。《詩歌金庫》的輕重比例也有分寸，所以華滋華斯竟有四十四首，雪萊二十首，而米爾頓、史考特、濟慈也都在十首以上。相比之下，《新詩三百首》人多詩寡，就難以表現重要作者的多元成就，和整個詩壇發展的軌跡。

詩選與文選的安排，不但要挑出個別作家的佳作、傑作，顯示各人的演變與分量，還要展現一個時代或一個地區在主題、體裁、風格上的特色與趨向。若是僅作機械的排列、齊頭的平等，恐就難以選家傳後。真要做到，當然很難。

《詩經》的編排是先分體裁，再在各體之中進一步分類，例如〈國風〉就再按地域來區分。《唐詩三百首》也是先按詩體，分成五古、七古、七言樂府、五律、七律、五絕、七絕等八卷，再在各體之中將各作者按年代先後排列，而所選作品之多寡也顯示其擅長的成績。例如七律之中，李商隱一口氣就選了八首，杜甫更多達十三首，而李白只有一首，七律經營之功誰屬，乃不言自喻。

英國的《詩歌金庫》則心裁別出，先按莎士比亞、米爾頓、格瑞、華滋華斯各領風騷的時代分成四卷，以示三百多年英詩的進展歷經了伊麗莎白、十七世紀、十八世紀、十九世紀前半的四期。然後，編者巴爾格瑞夫說明，「每一卷中再將各詩依感情與題材的逐漸變化加以編排。」例如卷一的八十四首，大致上便是從春到冬、從喜到悲、從愛到死巧作安排，因此在發展上隱然有奏鳴曲（sonata）樂章演進的美感。我並不相信誰會這麼依次一路讀下去，卻對編者這樣的氣象與規模深為感佩。

新詩發展了八十年，在詩體上雖有格律與自由之分，但兩體都未臻成熟，格律之呆板、自由之散漫，令大半作者迄仍無所適從，有待來者努力。本書的兩位編者當然也就無體可依，不像《詩經》與《唐詩三百首》的編者那麼幸運。不過詩人入選太多，詩作相對不足，一些較具分量的作者未能成為小說家佛斯特（E. M. Forster）所謂的「立體人物」，卻令人感到可惜。另一問題是入選作品的篇幅長短懸殊，短者不滿十行，長者每逾百行，對作者創作的「分量」會有誤導的幻覺。[6] 用誇張格來說，史詩怎能和俳句並列？《唐詩三百首》就善於安排，把〈長恨歌〉、〈琵琶行〉、〈石鼓歌〉、〈韓碑〉等鉅製另置一卷，而那些鉅製確也真夠分量，壓得住卷，鎮得住四周的小詩。

當然，《唐詩三百首》和《詩歌金庫》的經典詩選，不免也有不足之處：例如孫洙就把張若虛和李賀漏了，而巴爾格瑞夫也未能看出鄧約翰與史考特誰重誰輕。冷眼觀古尚且欠清，熱眼鑑今豈能必準？這本《新詩三百首》如果換人來編，其中的取捨必然不同，就算是調整五分之一的內容，我也不會驚異。

不過九歌版的這本「通選」也自有其優點，值得注意。例如經過兩位編輯遍讀細選，某些素來少人注意或是未及得人青睞的作品，得以呈現在我們眼前，像蘇金傘的〈頭髮〉、白家華的〈晒衣〉、匡國泰的〈一天〉、李漢榮的〈生日〉等作，都令人有新發現的驚喜。我一向認為蘇金傘是早期詩人中雖無盛名卻有實力的一位，卻未料到他能寫出像〈頭髮〉這麼踏實有力、搗人胸臆的好詩，並且立刻認定，此詩雖短，撼人的強烈卻不輸魯迅的小說。同樣地，要是沈從文能讀到匡國泰的〈一天〉，也會承認湘西並未被他寫盡。

另一優點是在每位詩人的作品後面，都附有「鑑評」，其內容除作者生平、詩風綜述之外，更對入選之作提供了簡要的賞析。這二百多篇鑑評兼有參考資料與提示導讀之功，讀者據此可以進一步去探討他偏愛的詩人，這樣的編者真可謂「服務到家」了。一篇篇的鑑評少則近於千字，多則更達千餘，加起來足有四百多頁，成為本書的一大特色，也是重要資產。張默和蕭蕭投注的心血可觀，這一點，卻為孫洙和巴爾格瑞夫所不及。

《新詩三百首》涵蓋的時間，始於一九一七年而止於一九九五年，幾與二十世紀相當，簡直有二十世紀中國詩回顧大展的意味。「世紀之選」的聯想是不能避免的。不出兩年，香港就要歸還中國。世紀末的倒數正在加速，今後幾年，類似的世紀選集當會相繼出現。如果我們的祖先在上個世紀末要編一部十九世紀中國詩選，情形又該如何呢？我想應該是從張維屏、林則徐開始，龔自珍、魏源為繼，而以譚嗣同、丘逢甲終篇。龔自珍詩「憑君且莫登高望，忽忽中原暮靄生」，恰好寫於五四前一百年，先天下之憂而憂，已經敏感大難之將至。譚嗣同句「四萬萬人齊下淚，天涯何處是神州」；丘逢甲句「四百萬人同一哭，去年今日割台灣」，都寫於世紀末的一八九六年，卻是大劫之餘了。

這種先憂後樂的志士胸懷，進入二十世紀後依然激盪。新詩出現之前，二十世紀初的十七年間，中國的詩心當然還是在跳著，而且跳得很壯烈，儘管是用舊體詩來寫。一八九九年梁啟超在日本流亡時所寫〈讀陸放翁集〉四首之一：

詩界千年靡靡風，兵魂銷盡國魂空；
集中什九從軍樂，亙古男兒一放翁。

一九〇一年，他又有七律〈自勵〉一首，後四句是：

十年以後當思我，舉國猶狂欲語誰？
世界無窮願無盡，海天寥廓立多時。

一九〇四年，女傑秋瑾寫〈日人石井君索和即用原韻〉：

漫云女子不英雄，萬里乘風獨向東。
詩思一帆海空闊，夢魂三島月玲瓏。
銅駝已陷悲回首，汗馬終慚未有功。
如許傷心家國恨，那堪客裡度春風？

這些世紀初大氣磅礴的詩句，我們在世紀末讀來，仍然為之激昂。另一方面，一九〇九年蘇曼殊在日本所寫的〈本事詩〉之一：

春雨樓頭尺八簫，何時歸看浙江潮？
芒鞋破缽無人識，踏過櫻花第幾橋？

還有同在本世紀初王國維所寫的〈浣溪沙〉：

山寺微茫背夕曛，鳥飛不到半山昏，上方孤磬定行雲。
試上高峰窺皓月，偶開天眼覷紅塵，可憐身是眼中人。

蘇曼殊的淒美，比周夢蝶的《孤獨國》又如何呢？而王國維的深思果真會較馮至的《十四行集》遜色嗎？好在這部選集名為《新詩三百首》，而非《二十世紀中國詩選》，否則世紀初的這些古典作品就不能排除在外。我實在不能確定這些古典作品的傳後率必然不及新詩，更不能確定這三百首新詩全都可以傳後。詩選的編者原是時間之「代辦」（chargé d'affaires），負責「初審」而已。至於「決審」，仍然有待無情的時間。且看二十一世紀到時又怎麼說。

——一九九五年七月於西子灣

附註：

1. 見《文學研究與批判專刊》，北京大學中文系編輯，人民文學出版社出版，一九五八年。
2. 洪子誠、劉登翰著：《中國當代新詩史》（北京．人民文學出版社，一九九三年第一版），見第八章及第九章。
3. 見前書第十一章。
4. 見前書第八章。
5. 呂正惠：〈七、八十年代台灣鄉土文學的源流與變遷〉，見《四十年來中國文學》，台北．聯合文學出版社，一九九五年六月初版。

6. 孫毓棠的敘事長詩〈寶馬〉未能節選，未免可惜。臧克家才逾百行的佳作〈運河〉未選，只收了兩首小詩，也「小看」了他。

導言

新詩的系譜與新詩地圖

蕭蕭

時移世異，新詩的風潮隨時而移，因世以異。整整一個二十世紀，中國崩塌了帝王專制，催生民主憲政，又分裂成兩個不同思想、不同制度的政治實體；台灣從馬關條約訂立（一八九五年），開始受日本宰制五十年，直至一九四五年翻身，繼而為亞洲四小龍之一，世界外匯存底之首，匆匆也已五十年。百年中國，百年台灣，這期間又有多少的中國僑胞、台灣子民，流亡海外、移民他鄉？這期間，人民的血淚、笑容、思想、情義，如何以新的詩體呈現，如何以不同的詩潮迎拒不同的時潮？時移世異，新詩的風潮如何隨時世而有著不同的變易？確實值得我們觀察與注意。

清朝末年，黃遵憲（字公度，一八四八年—一九〇五年），二十一歲時所作的〈感懷〉就已揚言：「我手寫我口，古豈能拘牽？即今流俗語，我若登簡編，五千年後人，驚為古斕斑。」他在《人境廬詩草》的序言中說：「今之世異於古，今之人亦何必與古人同！」這種不與古人同的覺醒；勇於應用流俗語，「我手寫我口」的主張；含括群經、三史、諸子、百家、官書、會典、方言、俗諺，以及古人未有之物、未闢之境的廣博內容；復出之以「陽開陰闔鬼出電入若天龍八部千靈萬怪挾風雨水火雷霆而下上」的技巧變化；不僅贏得梁啟超的讚譽：「近世詩人能鎔鑄新理想以入舊風格者，當推黃公度。」（見《飲冰室詩話》），而且震醒了唐以後因循格律不知變化的詩靈，以他的〈都踊歌〉為例，每句都以摹聲詞「荷荷」作結，當然是受到民間山歌的影響，黃公度大膽啟用，全篇一式，荷荷不停，其聲其勢，震撼無已：

長袖飄飄兮髻峨峨，荷荷！
裙緊束兮帶斜拖，荷荷！
分行逐隊兮舞傞傞，荷荷！
往復還兮如擲梭，荷荷！
……
……
今日夫婦兮他日公婆，荷荷！
百千億化身菩薩兮受此託，荷荷！
三千三百三十二座大神兮聽我歌，荷荷！
天長地久兮無差訛，荷荷！

這樣勇敢的吆喝效果，後來果然也出現為余光中詩裡的民謠風節奏，葉維廉的複沓設計，洛夫〈白色墓園〉中兼具語法與繪畫作用的四十個「白的」，犁青〈石頭〉詩中類疊使用的五十六塊「石頭」。這期間的時空距離相當巨大，時間距離一百年，空間距離則從黃公度的廣東祖籍、日本出使地，經余光中的福建、台灣、美國、香港，葉維廉的香港、台灣、美國，洛夫的湖南、台灣，犁青的福建、香港，形成一張錯綜複雜的系譜區隔與地圖網路。如果再以詩的內容而言，黃遵憲的〈都踴歌〉有扶桑氣息，余、葉二氏深受歐美文學影響，世所周知；洛夫〈白色墓園〉寫的是馬尼拉美軍公墓，也就是羅門膾炙人口的〈麥堅利堡〉；犁青則為以色列寫真。因此，不談新詩則已，要談新詩，豈能不以宏觀的視野，寬容的胸懷，高其瞻，遠其矚！黃遵憲的《人境廬詩草》共十一卷，收錄他同治三年至光緒三十年（一八六四－一九〇四年）編年詩六百多首，光緒年間，跟他一樣撏扯新名詞以自表異的舊體新派詩人，還有譚嗣同（復生）、夏曾佑（穗卿）、蔣智由（觀雲）等，他們都勇於在舊體詩中納入新名物、新觀念，以著有《仁學》的譚嗣同為例，他以「仁」統一佛教、基督、儒家的愛的觀念，以物理學中的「以太」概念解釋「仁」，因此，他的新學之詩，喜歡雜入佛、耶、孔的經典：「而為上首普觀察，承佛威神說偈言。一任法田賣人子，獨從性海救靈魂。綱倫慘以喀私德，法會盛於巴力門。大地山河今領取，庵摩羅果掌中論。」（譚嗣同：〈金陵聽說法〉），詩中有佛家語：「上首」（佛說法時，於聽眾中推居首位者）、「偈」（梵語偈陀的省略，義譯為頌，不問三言四言乃至多言，要必四句）、「法會」（說法及供佛施僧的集會）、「性海」（真如法性，無不周遍，狀其廣大，謂之性海）；也有基督教的典故：賣人子、救靈魂；儒家的詞彙：綱倫；西語的音譯：「喀私德」（caste，印度世襲的階級制度，階級不同不相往來）、「巴力門」（parliament，國會、議會）。當然也留存後人費疑猜的詞語：「法田」、「庵摩羅果」。譚嗣同詩的格律是具備了，新的語句創造了，冷僻的佛典、洋典運用了，但「新意境」還未呈現。譚嗣同、黃遵憲的新派詩，終究仍是舊體詩，新名詞與舊格律之間，量變而未質變，物理變化而未化學變化，混合而未融合。

清末的舊體新派詩的實驗，到了一九一七年胡適仍然要依循這樣的軌跡，重新走一遍，胡適的白話詩必須經歷「小腳放大」的絕律、「小針美容」的詞曲，而後才是「小孩學步」的白話詩。胡適的詩國革命，戮力於白話的鼓吹，詩體的解放，比起黃遵憲的新派舊體詩，胡適跨越的腳步更大，改變了文學表達的工具。不過，從舊體詩的千年桎梏中掙脫出來的歷程，則與清末新派詩人無異。

胡適力圖從舊體詩掙扎而出，和緩的文學改良芻議，主張消極的「八不主義」：「不作言之無物的文學，不作無病呻吟的文學，不用典，不用套語爛調，不重對偶——文須廢駢詩須廢律，不作不合文法的文學，不模仿古人，不避俗話俗字。」再縮減為積極的四項內容要求：「一、要有話說，方才說話；二、有什麼話，說什麼話；三、要說自己的話，別說別人的話，四、是什麼時代的人，說什麼時代的話。」再縮減為平穩的十個大字：「國語的文學，文學的國語。」胡適一向是平和而約制的。

但到了陳獨秀的〈文學革命論〉（一九一七年二月《新青年》），「推倒」二字就被高舉起來了，「推倒雕琢的阿諛的貴族文學，建設平易的抒情的國民文學」「推倒陳腐的鋪張的古典文學，建設新興的立誠的寫實文學」「推倒迂晦的艱澀的山林文學，建設明瞭的通俗的社會文學」。「推倒」二字猶不足表達破舊立新的焦灼心志，日據下的台灣詩人張我軍在《台灣民報》上陸續發表了〈致台灣青年的一封信〉、〈糟糕的台灣文學界〉、〈為台灣的文學界一哭〉之後，一九二五年一月出版的《台灣民報》三卷一號上他使用〈請合力拆下這座敗草欉中的破舊殿堂〉這樣的標題。一九三二年元月及二月的《南音》雜誌一卷二號、三號，陳逢源以〈對於台灣詩壇投下一巨大的炸彈〉之題，批判舊詩社絕不會作出所謂心畫心聲的詩，更有徹底摧毀古詩之意。這是日據下的台灣詩壇，有趣的是一九七九年大陸詩壇「崛起的詩群」朦朧詩興盛之時，香港評論家璧華也以〈投進中共詩壇的一枚炸彈〉為題在《爭鳴》雜誌（一九八三年五月，六十七期）給予鼓舞，此文後來收入璧華、楊零主編的《崛起的詩群——中國當代朦朧詩與詩論選集》（一九八四年二月，香港「當代文學研究社」出版），雖已易題為〈一股不可抗拒的詩歌洪流〉，然「炸彈」的震撼之力正表達了新詩人爆破舊詩潮的決志！

因此，對於紀弦於一九五六年二月在台灣號召一〇二人結盟為「現代派」，提出「六大信條」，其中最引人矚目的「新詩乃是橫的移植，而非縱的繼承」的說法，也就不必訝異，這是新詩人與古中國決裂，告別舊傳統的宣示。九〇年代之後，後現代主義的思想時時在台灣鼓盪，「解構」、「顛覆」的聲音此起彼落，新詩人勇於大破大立的精神，在不同的年代可以找到相連屬的系譜關係。

尤其是，詩人喜歡立社結派，詩社詩派所共同顯現的集體意識與集體風格，醒目而容易引起注意、模仿，也容易成為新的霸權，成為另一個被革命的對象。如果說新詩的發展史是一部詩社的興亡輪替圖志，其實也不算離譜。因此，新詩的系譜事實，也就可以很輕易地勾勒出來。

詩人立詩結派，自古已然，傳統詩社在今日台灣各縣市仍然蓬勃存在，一九三二年陳逢源發表的〈對於台灣詩壇投下一巨大的炸彈〉文中，指出「現在全島會作詩的人們，大約不下一千名，詩社亦約有半百。」將此數字與《全唐詩》相比，「試看有唐一代的三百年間，據《全唐詩》所錄過的，作者凡二千二百餘人，詩四萬八千九百餘首。」（見《日據下台灣新文學文獻資料選集》一二一頁，一九七九年，台北明潭出版社）小小一個台灣島，五十個漢詩社，這數字自是驚人的。舊詩格律一千多年來沒有什麼大變化，尚且如此，何況是新詩的思潮風起雲湧，後浪不斷，詩技巧的折舊率極高，週期性極短，詩社為顛覆面前的偶像、典範而集結，也因階段性使命的完成而瓦解，因此，新詩詩社的前仆後繼也就不足為奇了！依據張默編的《台灣現代詩編目（一九四九─一九九一）》第四編所列，一九五一至一九九一年，四十年間台灣島上就發行了一百五十種詩刊，詩刊的發行通常也意味著詩社的存在，一百五十個新詩社的生成與衰亡，當然在某種程度上，可以顯示出詩史的發展與詩潮的演化，也可以顯示出新詩系譜的形成與脈絡。

我們無意指陳，台灣紀弦的「現代派」是三〇年代施蟄存《現代》雜誌、戴望舒「象徵派」的餘緒，是四〇年代「九葉詩派」（辛笛、陳敬容、唐湜、唐祈、杭約赫、穆旦、鄭敏、杜運燮、袁可嘉）的流風餘韻。而六〇年代崛起的「創世紀詩社」則奮力執行「現代派信條」中的「橫的移植」、「詩的新大陸之探險，詩的處女地之開拓」、「知性之強調」、「追求詩的純粹性」，八〇年代的「四度空間」等詩社的發飆創意，都可能是此一系統的餘威。我們也無意指陳，以徐志摩為首的「新月派」，崇仰拜倫、雪萊、華滋華斯、哈代、羅曼羅蘭、托爾斯泰，嚮往英式的古典秩序和浪漫情懷，願意以心靈和自然為最後的依歸，他們的詩風可能成就「藍星」的靈妙，「風燈」的淡雅。我們當然更無意指陳，四〇年代的「七月詩派」以紀實為其手段，以社會主義、現實主義為其信仰，以剛健、激昂為其詩風，是不是與五〇年代在台灣發展出來的戰鬥詩有著相近的血緣，是不是與六〇年代台灣本島土生土長的「笠」詩社有著相似的肝膽？與八〇年代的「春風」有著相同的現實感與理想？

我們真的無意作這樣的系聯，但是，他們真的可能擺出這樣的系譜。

雖然，時代背景不一，地理環境有異，個人才具懸殊，同一個詩社裡也會有不同的風格，何況是時空差距極大的相異詩社，不過，拉遠時空的距離，以宏觀的角度來看詩史的發展、詩潮的演化，我們可以找出不同類型的世系，不同款式的家譜，大至以台灣為主軸的新詩發展史，小至「方派」（方思—方旗—方莘）、「楊派」（楊牧—楊子潤—楊澤—羅智成）的形成，都有著可以理清的筋脈，可以細觀的肌理，甚至於左右對襯的骨架，上下通貫的血緣。

新詩的發展如果以台灣為主軸來觀察，可以約略為下面圖形所顯示的影響途徑：

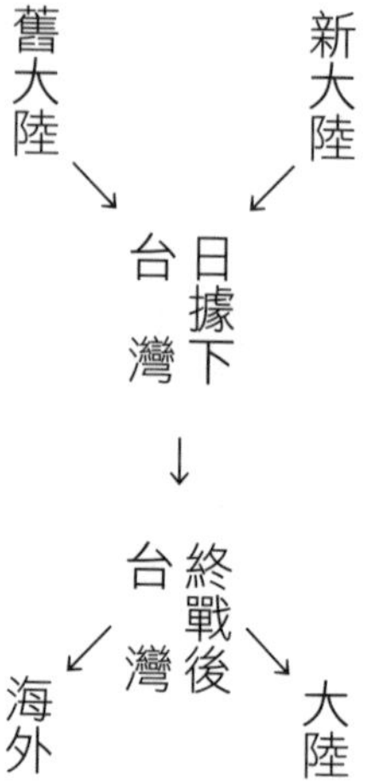

舊大陸包括龐大的古中國歷史文化遺產，如民間信仰、生活習慣、神話傳統、語言文字、古詩舊詞，以至於新文學運動的感染力，在在都影響了台灣移民及社會的文化思考模式；新大陸則包括透過日文閱讀而取得的歐美思潮、透過基督教傳教士認知的西方神學、神話，五四文化運動翻譯的思想與文學名著。日據下台灣實已受到這兩大陸塊的沖激、內化，再加上台語、日語、漢文的糾纏，日本文化的直接介入，原住民（含平埔族）的神話傳說與歌舞風格的長期浸染，多元的新詩面貌、特質已然形成。

終戰後的台灣，至少有二十年處於較為貧乏的文化傳承與沖激，日據下的台灣文學遺產因為政治上的原因與語言上的隔閡，不能有效溝通，一九四九年進入的另一股龐大的移民勢力，據有優勢的主導作用，卻也中斷了三〇、四〇年代重要的中國文學蓬勃活力。來自兩個方向的斷層效應，使台灣新詩在完全獨立自足的情況下，發展出沙漠玫瑰的魅力，進而在五〇年代、六〇年代影響海外華人詩壇（覃子豪、紀弦、余光中、蓉子曾戮力於此），七〇年代、八〇年代又遠及美洲社會（葉維廉、夏菁、鄭愁予、楊牧、張錯、王潤華等人對港澳、星馬泰菲及美國華人社會的潛在影響不可忽視），八〇年代、九〇年代之後，台海兩岸資訊相通，「創世紀」、「葡萄園」、「藍星」及「笠」詩社的李魁賢等人，用心且著力於供輸台灣詩壇資料，或直接、或間接，激化了大陸詩壇的銳進，這其間自有軌則可循，而系別譜類自有眉目可辨。

二〇年代之後，留學青年陸續回國，留美、留英、留法、留日學生，因為學習背景、學習方法不同，其風格傾向、論述側重，自有不同的衡量。日據下的台灣，也因為使用語言的不同而留存了日文作品（追風的詩）、中文作品（張我軍的詩）、台語作品（賴和的詩），以及「跨越語言的一代」的作品（陳千武、林亨泰、吳瀛濤、陳秀喜、詹冰、錦連的詩）。各有所親、各有所重的現象，當然也出現在近五十年的台灣詩壇，以詩評家為對象，可以列出這樣的系譜：

親美系統：余光中、顏元叔、葉維廉、羅門、張漢良、羅青、簡政珍、孟樊、奚密、林燿德。

親日系統：陳千武、林亨泰、陳明台。

親法系統：覃子豪、莫渝、尹玲。

親中系統：洛夫、瘂弦、張默、李瑞騰、渡也、游喚、白靈。

親台系統：陳芳明、李敏勇。

可以看出親中與親美系統，人數最多、力量最大，台灣新詩的發展傾向約略可明。不過，這裡的親是指文學系統上的親，與政治傾向無涉，台灣詩人以政治傾向為結社憑據，以政治意圖為詩社屬性者，尚未發現，台灣新詩人不為政治服役的個性越來越鮮明，因此而反觀日據下的台灣詩人，以對抗帝國主義為其職志，結社、發刊，其政治目的與文學目的之比例，或許不會相離太懸殊。

詩，當然也可以用來表達政治上的立場，二〇、三〇年代間，台灣以詩對抗日本殖民，三〇、四〇年代間，中國以詩對抗日本侵略，時空容或不同，雄渾、激昂的氣勢卻一樣撼人心弦。五〇年代的台灣戰鬥詩，八〇年代的天安門詩牆，時空依然不同，詩中的鼓聲卻也一樣喧天價響。詩是人民的喉舌，不是政客的手勢，台灣與大陸詩人，不同的時空，相同的良知。

回溯新詩發展軌轍，不論是白話文學運動初萌，朦朧詩初興，總是創作先行，理論隨之，接著爭辯蠭起，論戰開打。以大陸「朦朧詩」的昌盛過程為例，即循此而來。

一九七九年：大陸思想解放運動成功。

一九八〇年：朦朧詩大量出現。

謝冕、孫紹振之論隨之而行。

一九八二年：徐敬亞發表〈崛起的詩群〉長論。

一九八〇～八三年：包括艾青、臧克家等詩人都有「清除精神汙染」的言論出現，論戰開始。

向前推看，終戰後的台灣新詩發展，軌轍亦然：

一九五一年：《新詩週刊》創刊。

一九五六年：「現代派」成立。

紀弦發表〈現代派信條釋義〉。

一九五七年：覃子豪發表〈新詩向何處去？〉

紀弦發表〈從現代主義到新現代主義〉、〈對於所謂六原則之批判〉。

「現代派論戰」於焉開始，三年。

一九五九年：七月，蘇雪林發表〈新詩壇象徵派創始者李金髮〉。

八月，覃子豪發表〈論象徵派與中國新詩〉。

「象徵派論戰」起，歷一年而止。

十一月，言曦發表〈新詩閒話〉。

十二月，余光中發表〈文化沙漠中多刺的仙人掌〉。

「新詩論戰」又起，再歷一年。

再向前推看，日據下「台灣話文運動」，一九一七年中國的「白話文運動」，無一不是實驗之作怯怯推出，漣漪初泛；證驗之論皇皇推助，波瀾擴大；反對的聲浪洶湧而來，運動的聲勢更加強悍。奇怪的一個現象是：反對的力量越大，新詩運動的成功性越高，舉最近的「後現代主義」現象為反例，八〇年代末期，後現代主義的詩例、詩論在台灣已經出現，持反對立場的聲音卻微弱、閃爍，因而，九〇年代「後現代主義」無法借力使力，不能乘勢翩躚，在詩壇多元現象中終被消融、吸納。

再以代表朦朧詩發聲的徐敬亞論文內容來看，他在〈崛起的詩群〉中指陳「新傾向的藝術主張」，包括：一、對詩歌掌握世界方式的新理解。強調詩的主觀性、自我性，強調審美主體的能動作用。二、強調詩人的個人直覺和心理再加工。強調詩的「可見性」，主張「向人的內心世界進軍」，呼籲「全新的語言，全新的情感，甚至全新的原始構思」。三、注重詩的總體情緒。詩中的形象只服從於整體的情緒需要，不服從特定的環境和事件，所以跳躍感強，並列性強（參見璧華、楊零所編《崛起的詩群——中國當代朦朧詩與詩論選集》）。這樣的主張在六〇年代的台灣詩壇隨處可見。至於所謂「新的表現手法」：一、以象徵手法為中心的詩歌新藝術；二、跳躍性情緒節奏及多層次的空間結構；三、重新閃出生活光芒的語言；四、新詩建築自由化的嘗試；五、韻律、節奏及標點的新處理。這些手法在六〇、七〇年代的台灣詩壇已多次實驗成功，成果豐碩。

這其間的因緣關係，我們不敢肯定是「嫡傳」、「血緣」或「師承」，但是以兩代或兩地（或更多）的系譜現象來觀察，鑑往知來，察此識彼，不失為研究新詩的好方向。

如果以更具體的新詩「形式」來追索系譜的脈絡，那就更可觀、更容易了！英詩十四行的「商籟體」（sonnet），大陸的馮至在行中韻、腳韻上嚴守西律，亦步亦趨；從香港、台灣到美國的張錯，其〈錯誤十四行〉的七組詩中，則只保留總行數十四行的外貌，或採554，或3434，或採3344，或4442，甚至於整首不分段的十四行都有，題目上的「錯誤」，暗喻著格律上的錯誤，又雙關著情愛上的錯誤，未嘗不是十四行的「變調」。台灣的王添源也跟馮至一樣專攻十四行，其名作〈給你十四行〉，採首段十二行、次段二行的形式，最後四行（兩段銜接處）是這樣安排的：

（11）……然後在十三行之前空下一行，讓你思考
（12）等你都明白了，再讓你看最後兩行
（13）給你我所能給的，並且等待你的拒絕
（14）流淚，是我想你時唯一的自由

後設的安排，使閱讀者多了一份機智的趣味，在商籟體的系譜中，可以視為「走味」的十四行。

小詩系譜的探究，在不同的時期，不同的地區，必需提到三位詩人，一是二十世紀第一年出生的冰心女士，她的《春水》、《繁星》，膾炙人口，既富於日本和歌、俳句的季節感與人情味，又蘊有泰戈爾式的小詩哲理：

只是一顆星罷了！
在無邊的黑暗裡
已寫盡了宇宙的寂寞。

——春水（六五）

只是一首小詩罷了，竟然有著巨大的對比，承載無邊的寂寞，字少意深，令人神往。相對於長壽的冰心，日據下的苦命詩人楊華的一生，顯然又太短了（一九〇六—一九三六）！楊華是日據下台灣詩人少數創作量多而又傑出者，他的作品也以小詩著名，冰心活躍於二〇年代中國詩壇，楊華活躍於三〇年代台灣詩壇，命長命短，福大福薄，雲泥兩判，豈惟唏噓而已！但在小詩的成就上，楊華的詩雖然苦愁怨悲，其熠熠星輝，道盡了小詩的鑽石光芒，與冰心相較，不遑多讓。

第三位專攻小詩而有成的是從台灣出遊海外的非馬，非馬的詩很少有超過十行的，他是現代詩裡的張可久，以短章小幅批判現實，不尖不酸不苛刻，卻在急轉的筆鋒飛白處，引人驚視，深思：

〈電視〉
一個手指頭

輕輕便能關掉的
世界
卻關不掉
逐漸暗淡的螢光幕上
一粒仇恨的火種
驟然引發熊熊的戰火
燒過中東
燒過越南
燒過每一張焦灼的臉

小詩系譜的發展史，詩人一再試探小詩的可能，小詩的極致，小詩到底有多大的負荷力！散文詩的系譜裡，詩人也作著相同的努力。但是我們可能更有興趣的是：魯迅的〈復仇〉會不會影響商禽的〈長頸鹿〉，〈長頸鹿〉是不是影響了蘇紹連的〈獸〉？魯迅的〈復仇〉長達六百字，先說人有溫血，所以偎依，接吻，擁抱，以得生命沉酣的大歡喜；再說人又以殺戮，使血激噴，以得生命飛揚的大歡喜。「這樣，所以，有他們倆裸著全身，捏著利刃，對立於廣漠的曠野之上。」（對峙的兩人準備復仇嗎？）對立很久以後，身體已將乾枯，卻絲毫不見有擁抱或殺戮之意，圍觀的路人覺得無聊，失了生趣，慢慢走散。詩的最後這樣說：「於是只賸下廣漠的曠野，而他們倆在其間裸著全身，捏著利刃，乾枯地立著；以死人似的眼光，賞鑑這路人們的乾枯，無血的大戮；而永遠沉浸於生命的飛揚的極致的大歡喜中。」（這時，情境逆轉，這兩人對世人、對人性復仇？）魯迅透過肉體的熱與冷，剖析人性，商禽的〈長頸鹿〉則透過肉體的變化，思考時間：

〈長頸鹿〉

那個年輕的獄卒發覺囚犯們每次體格檢查時身長的逐月增加都是在脖子之後，他報告典獄長說：「長官，窗子太高了！」而他得到的回答卻是：「不，他們瞻望歲月。」

仁慈的青年獄卒，不識歲月的容顏，不知歲月的籍貫，不明歲月的行蹤；乃夜夜往動物園中，到長頸鹿欄下，去逡巡，去守候。

商禽的長頸鹿只是脖子加長而已，蘇紹連的〈獸〉則是卡夫卡式的變形記，〈獸〉分兩段，第一段描寫老師教孩子認識「獸」字，怎麼教都教不會，第二段則是人獸變形，獸性突破人性急奔而出：「我從黑板裡奔出來，站在講台上，衣服被獸爪撕破，指甲裡有血跡，耳朵裡有蟲聲，低頭一看，令我不能置信，我竟變成四隻腳而全身生毛的脊椎動物，我吼著：『這就是獸！這就是獸！』小學生們都嚇哭了。」散文詩都維持著舒緩的散文調子，卻在他們三個人的詩中維繫著驚悚的小說效果，散文詩的系譜也有合縱連橫的特殊效應吧！

就以上三種不同形式的詩之系譜而言，詩的形式相同，詩的內涵、特質卻因個人才具而有差異，新詩系譜的研究因而更富歧義，更具挑戰性。即使是風格已具的詩社，如「笠」的寫實作風，「創世紀」的超現實傾向，如果仔細探討系譜的由來，恐怕也會出現尷尬的現象。「笠」自承是沿續日據時代台灣作家的硬頸精神，硬骨操守，卻不願與中國的抗日詩作，天安門的抗議詩篇，等同並論；在鄙棄超現實手法的同時，卻又必需面對日據下不寫實的「風車」詩社存在的事實。「創世紀」一向有大中國意識，在一百期的詩雜誌中，絕口不提日本殖民統治下的台灣詩人詩作，但與「創世紀」同奉超現實主義為主要圭臬的詩社，卻是日據下的「風車」。這樣的交錯影響，或許在詩創作方面激揚了不少思辨能力，卻也在系譜的歸類與分部上惹人會心一笑。

系譜的研究最後必落實於地理的分布，陳義芝在一九九五年「台灣現代詩史研討會」上，曾以一九一七年至一九三七年為界，發表〈新詩人才地理研究〉，認為「由於各地水土形勢不同，天候不同，民風、習俗、物產、生計頗殊，因此，聲調、情性、好惡、追求亦皆有異。」論文中他引用梁啟超《近代學風之地理的分布》書中的話以為佐證，梁啟超說：「氣候山川之特徵，影響於住民之性質；性質累代之蓄積發揮，衍為遺傳；此特徵又影響於對外交通及其他一切物質上生活；物質上生活，還直接間接影響於習慣及思想。故同在一國，同在一時，而文化之度相去懸絕；或其度不甚相遠，其質及其類不相蒙，則環境之分限使然也。環境對於『當時此地』之支配力，其偉大乃不可思議。」如果再加上不同的政經制度之影響，那麼，陳義芝心目中的「（新詩）人才地理學」，或許就更為周全完備！

海島型氣候的台灣詩壇與大陸型氣候的中國詩壇，是不同的地圖標示，也是最大的兩個系譜；留鳥與候鳥習性不同，在地人與移民顯現的土地情感當然也形成不同的特質，不同的系譜。古典詩歌中有亂離詩，戰亂流離，鄉愁感懷，一寓之於詩，但比起飄洋過海的移民血淚，亂離詩不過是在自己的土地上流浪而已，移民則是從土地上連根拔起，面對完全不一樣的土地、天候、習俗、人民，他們的心中有著更多的失落、尋根、抗拒、調適、定位、歸屬、認同的疑惑。以泰國、新加坡、馬來西亞、菲律賓的華人而言，在飄流過海之後往往聚居一處，形成特殊的文化族群，此四地又與台灣、大陸相距不遠，中間復有香港可左可右的中繼點為之聯繫，緊緊跟隨宗主國的文學進化而有著或斷或續的衍變；四地不同的地主國的文化衝擊，政經趨勢，對當地華人文學也有著或大或小的牽引力量。因此，泰、新、馬、菲的華人文學，除了與台灣、大陸、香港純熟的語言駕馭技巧不同，東南亞的熱情衝力也與日韓東北亞的冷凝定性不同，亞洲東方的神祕色彩更與歐美西洋的開放精神不同。因而，新詩地圖（另一種新詩系譜）可以粗分為：台灣、大陸、海外三個版圖。如願細分，則台灣可以有台北與台灣兩系；大陸可能形成北京、成都、上海、東南海域等大小不同的新詩文化帶；海外則可以有美加、歐洲、紐澳、東南亞（含港澳）三圈。

如是，新詩的系譜與新詩地圖，分得清眉目，看得清歸屬，二十世紀的華人新詩，燦然大備於此。再沒有一個世紀，一個龐大的族群，一種共通的語言，能擁有這樣一個開闊的新詩系譜與地圖。二十一世紀即將來臨，但那不是文字專擅的時代，電子媒體、聲光資訊會分散了文字魅力，文字文學即將沒落，因此，《新詩三百首》——新詩的世紀之選，也就彌足珍貴了！

——一九九五年七月．台灣

目錄

卷三　台灣篇2（一九二三——二〇一七）

卷三

台灣篇

（一九二三——二〇一七）

賴　和（一八九四——一九四三）

南國哀歌

所有的戰士已都死去，
只殘存些婦女小兒，
這天大的奇變，
誰敢說是起於一時？

人們所最珍重莫如生命，
未嘗有人敢自看輕，
這一舉會使種族滅亡，
在他們當然早就看明，
但終於覺悟地走向滅亡，
這原因就不容妄測。

雖說他們野蠻無知？
看見鮮紅的血，
便忘卻一切歡躍狂喜。
但是這一番啊！
明明和往日出草有異。

在和他們同一境遇，
一樣呻吟於不幸的人們，
那些怕死偷生的一群，
在這次血祭壇上，
意外地竟得生存，
便說這卑怯的生命，
神所厭棄本無價值。
但誰敢相信這事實裡面，
就尋不出別的原因？

「一樣是呆命人，
趕快走下山去！」
這是什麼語言？
這有什麼含意？
這是如何地悲悽！
這是如何的決意！

是怨是讎？雖則不知，
是妄是愚？何須非議，
舉一族自願同赴滅亡，
到最後亦無一人降志，
敢因為蠻性的遺留？
是怎樣生竟不如其死？

恍惚有這呼聲，這呼聲，
在無限空間發生響應，
一絲絲涼爽秋風，

忽又急疾地為它傳播，
好久已無聲響的雪，
也自隆隆地替它號令。

兄弟們！來！來！
來和它們一拚！
憑我們有這一身，
我們有這雙腕，
休怕他毒氣、機關槍！
休怕他飛機、爆裂彈！
來！和他們一拚！
兄弟們！
憑這一身！
憑這雙腕！

兄弟們到這樣時候，
還有我們生的樂趣？

生的糧食儘管豐富，
容得我們自由獵取？
已闢農場已築家室，
容得我們耕種居住？
刀鎗是生活上必需的器具，
現在我們有取得的自由無？
勞働總說是神聖之事，
就是牛也只能這樣驅使，
任打任踢也只自忍痛，
看我們現在，比狗還輸！
我們婦女竟是消遣品，
隨他們任意侮辱蹂躪，
那一個兒童不天真可愛，
凶惡的他們忍相虐待，
數一數我們所受痛苦，
誰都會感到無限悲哀！

兄弟們！來！來！
捨此一身和他一拚！
我們處在這樣環境，
只是偷生有什麼路用，
眼前的幸福雖享不到，
也須為著子孫鬥爭。

・原載《台灣新民報》第三六一、三六二號，一九三一年四月二十五日、五月二日出版。
・本詩選自《賴和先生全集》

鑑評

賴和，原名賴河，字懶雲，常用的筆名還包括甫三、安都生、灰、走街先等。台灣彰化人，清光緒二十年，西元一八九四年四月二十五日出生，一九四三年辭世。十歲入公學校，十四歲入小逸堂，拜師黃倬其，學習漢文，十六歲入台北醫學校，二十一歲畢業，前往嘉義實習，二十三歲回彰化開設「賴和醫院」，第二年遠赴廈門博愛醫院服務，二十六歲返台，其後加入「台灣文化協會」，以其強烈的民族意識，開始他一生全力以赴的社會運動與台灣新文學運動。

黃武忠認為：「賴和不但是台灣新文學的開拓者，也是台灣鄉土文學的先驅。」（見《日據時代台灣新文學作家小傳》三十五頁，一九八〇年時報出版公司出版）。更早以前，一九四三年四月《台灣文學》三卷二號的「賴和先生悼念特輯」中，楊守愚就認為「賴懶雲是台灣新文藝園地的開墾者，同時也是養育了台灣小說界以達於成長的保母。」（見《賴和先生全集》四二七頁，一九七九年明潭出版社出版）。賴和為台灣新文學「打下第一鋤，撒下第一粒種籽」（楊守愚語），因此，後人尊他為「台灣新文學之父」，他的小說，他的詩，為殖民地的台灣人民所受的屈辱而憤怒發聲，故有「台灣魯迅」之稱。

賴和的新詩比小說還早出現於《台灣民報》，最早的一首是〈覺悟下的犧牲〉，發表於一九二五年十二月二十日《台灣民報》八十四號，為彰化二林蔗農抗爭事件被捕的同志而寫，為他們「覺悟地提供了犧牲」而歌頌「難能、光榮」！節選的這一首「為哀悼霧社事件而作」的〈南國哀歌〉，發表於一九三一年四月，為前一年的霧社事件給予精神上的鼓舞，林邊認為這是「殖民地被壓迫人民生存意志的根基」，他說：「賴和的弱者的奮鬥意識所以顯得氣勢昂揚，是因為他不只強調了不屈服的意志，而且還鼓舞了反抗的意志。」（《賴和先生全集》四七六頁）。

研究賴和的權威歷史學者林瑞明，在他的《台灣文學與時代精神——賴和研究論集》（一九九三年允晨文化公司）中，強調：「賴和的新詩，正如同他的小說，都是重大事件的反響，亦詩亦史，具體表現了在高壓統治下，台灣的胎痛。」（三四二頁）。這種強悍對抗高壓的精神，也就成為台灣詩的重要象徵！

張我軍（一九〇二——一九五五）

亂都之戀

——亂都是指北京，因為那時正值奉直開戰，京中人心惶惶，故曰亂都

一

不願和你分別，
終又難免這一別。
自生以來，不知經閱了
多少的生離和死別，
但何嘗有這麼依戀，
這麼悽惜的離別！

二

亂鬨鬨的北京，
依舊給漫天的灰霧罩著，
我大清早就督著行李，
衝了雜沓的喧囂，
冒了迷濛的灰霧，
獨向將載我走的車中去。

三

秋朝的天空，
半晴不晴地，
散射著很微弱的朝暉，
微光裡，愁慘中，
火車載我向南去了。

四

火車縱無情，
火車縱萬能，
也載不了我的靈魂兒回去，
我已盡把他寄在這裡了。

五

唉！昨日在先農壇的樹蔭下
話別的一對少年男女，
今朝一個在家中嘆息，
一個在轟轟地響著的車中含淚！

六

陶然亭惜別之處，
今朝牧童和樵女，
定必依然在那兒，

交他們的蜜語，
然而昨午小崗上的
一對少年男女，
今朝何曾有個影兒！

七

火車漸行漸遠了，
蒼鬱的北京也望不見了。
呵！北京我的愛人喲，
此去萬里長途，
這途中的寂寞和辛苦，
叫我將向誰訴！

·原載於《人人》第二期，一九二五年十二月卅一日出版。

鑑評

張我軍，本名張清榮，台北板橋人。生於清光緒二十八年（西元一九〇二年），曾擔任銀行雇員、《台灣民報》漢文編輯。多次赴北平讀書，畢業於北京師範大學，並擔任北京師大、北京大學等校日文講師、教授。光復後，返回台灣，一九五五年因肝癌去世，享年五十四歲。

積極向舊文學陣營挑戰，是張我軍新文化運動的第一個行動，他自願「站在這文學道上當個清道夫」，顧不得力微，顧不得筆帚安排未妥，橫掃陳腐朽敝，無病呻吟的舊體詩。

張我軍的第二個具體行動，則是全力介紹五四新文學運動，擴大影響，他一方面轉載五四健將作品，一方面附記作者的簡歷及著作，用以幫助讀者了解，加深印象。如此，雙面夾擊，使台灣新文化運動加速推進，所以有「台灣胡適」之稱，先驅者的地位因而建立。

一九二五年十二月，張我軍在台北出版他的第一本新詩集《亂都之戀》，共十二題五十五首抒情詩作。其中主題詩〈亂都之戀〉一題即有十五首，寫情人間之男歡女愛，離情別緒，是張我軍一九二四年三月至次年春天，自北京返回台北期間的戀情紀錄，寫盡了民國初年男女相思的甜美與淒苦。此集為台灣新詩史上第一本詩集，比一九二〇年三月出版的中國第一本白話新詩集《嘗試集》，只晚了五年九個月。

張我軍逝世後二十年，其遺族收集所作新詩、隨筆、小說，合為《張我軍文集》，由純文學出版社印行，足供參考。

追　風（一九〇二——一九六七）

詩的模仿

讚美蕃王

我讚美你
你以你的手，你的力量
建立你的王國
贏得你的愛人
你不剽竊人家功勞
我讚美你
你不虛偽，不掩飾
望你所望的
愛你所愛的

你不擺架子

煤炭頌

在深山深藏
在地中地久
給地熱熬了數萬年
你的身體黝黑
由黑而冷
轉紅就熱了
燃燒了熔化白金
你無意留下什麼

・一九二三年五月二十二日

・原載於《台灣》第五年第一號，一九二四年四月十日出版，月中泉譯。

鑑評

追風，原名謝春木，一九〇二年生，台灣彰化二林人。日本東京高等師範學校畢業，一九二七年與蔣渭水、蔡培火等人組織「台灣民眾黨」，曾任《台灣民報》主筆。光復後赴日，再無訊息，據傳於一九六七年辭世。

〈詩的模仿〉共四首，以日文寫成，原載於一九二四年四月十日發行的《台灣》（第五年第一號）上，據目前資料所示，此詩為台灣新詩史上第一首新詩，寫於一九二三年五月二十二日，比胡適之的嘗試新詩，只晚了七年（據朱自清《中國新文學大系》詩集導言，胡適之是中國第一個嘗試新詩的人，起手是一九一六年七月）。如以發表年月而言，〈詩的模仿〉發表於一九二四年四月，胡適、劉半農、沈尹默是最早公開發表新詩的人，他們的作品同時發表在一九一八年一月的《新青年》第四卷第一號，二者相距六年多。

研究日據時期台灣新詩發展的羊子喬，曾將日據下的台灣新詩分為三期：

一、奠基期：一九二〇年至一九三二年，新文化運動中《台灣青年》創刊，至《台灣新民報》改為日刊為止。一方面要排除中日傳統文學的束縛，又要另闢蹊徑，開創新文學的道路。重要詩人包括漢文寫作的楊守愚、楊華、賴和、虛谷；日文寫作的陳奇雲、王白淵、郭水潭等人。

二、成熟期：自一九三二年四月十五日《台灣新民報》週刊改為月刊，至一九三七年四月一日日本政府禁用中文為止。重要詩人有：著重社會寫實的夢湘、吳坤煌、王登山；超現實主義的個人抒情：楊熾昌、李張瑞、林修二、林精鏐、董祐峰等為代表人物。

三、決戰期：從一九三七年日本政府全面禁止使用漢文開始，到一九四五年十月二十五日台灣光復為止。重要詩人包括：浪漫的個人抒情的邱淳洸、邱煙南、吳瀛濤、陳遜仁；理性的大我抒情的楊雲萍、張冬芳（以上參閱《台灣文藝》七十一期〈光復前台灣新詩論〉）。

追風雖非重要詩人，但以〈詩的模仿〉開風氣之先，讚美蕃王的真、信與親和，歌頌煤炭的久藏不炫，燃燒自己卻不留下什麼。確已掌握了台灣人的本質、詩的特性，為台灣新詩開展了美好的第一頁！

楊守愚（一九〇五——一九五九）

蕩盪中的一個農村

　天上瀰漫著密密的烏雲
地面滾湧著茫茫的白浪
　隆隆的電聲，又在不斷地把傾盆大雨趕送
一分　一寸　漲漲漲
僅一霎時間
已把溪水漲得成尺、成丈
遼闊無垠的砂埔、田野
竟氾成了大海汪洋
　綠油油的蕃薯甘蔗
絳梗般地漂流著

肥胖胖的牛羊牲畜
鳧鳥般地沉浮著
欹斜剝落的茅竹屋
船兒般地盪擺著
一些騎在屋脊的災民喲
戰戰地
像個船次漂海的旅客

樹上不留綠葉
地上不留青草
幽僻的一個農村
幾成一片荒埔
廣漠的一遍田畑
幾成蒙古沙漠
而遺留給大家呢
除卻腐爛的臭屍
也只有笨重的石塊、朽木

一片的荒埔
廣闊的沙漠
這一切傷心慘目的景象呀
我見之　猶要心痛
況遭受慘虐的兄弟們
怎叫他不會椎心、頓足
怎叫他不會泣血、哭慟

・原載於《台灣新民報》第三三七號，一九三〇年十一月一日出版。

鑑評

楊守愚，本名楊松茂，筆名有：守愚、村老、洋、翔、丫生、靜香軒主人等。一九〇五年三月九日出生，台灣彰化人。其父為前清秀才，家學淵源，再加名師郭克明指導，漢學根基深厚。彰化公學校畢業後，曾參加彰化舊詩社「應社」，與詩友賴和、虛谷等人相互酬唱吟詩，也曾參加「彰化新劇社」，在幕後推展新劇。一九三四年參加「台灣文藝聯盟」，協助賴和編輯《台灣民報》文藝欄，刪改、潤飾來稿，並積極寫作，成為日據時期以中文寫作產量最豐富的一位，小說、新詩均高居首位。

黃武忠曾將他與賴和相比，認為：「楊松茂作品中常出現的題材是：日本警察對小販的殘暴，製糖會社的剝削農民，貧農與地主間的糾葛，失業者的悲哀……等。這與賴和表達民生疾苦，敘述被屈辱人民的無奈，忠實的揭露榨取者的醜惡面目，描寫小市民、農人、工人的生活等，有其相似之處。其基本的相同點，在於共有濃厚的同情心，雖然是忠實的紀錄，卻有替這一群悲苦人民請命的用意。」（見《日據時代台灣新文學作家小傳》六十七頁）。

楊守愚的詩，大抵都為卑微人物的悲慘命運而寫，如〈人力車夫的吶喊〉描寫人力車夫「餓虎似地爭先恐後，狂犬似地東奔西竄」，「出盡了牛馬似的氣力，流盡了珍珠似的血汗」。如〈孤苦的孩子〉寫他們冰冷的酸淚，餓瘦的身子，哭腫了眼睛，哭破了喉嚨，也只贏得人們無情的奚落。楊守愚也曾在詩中為女性說話，他的〈女性悲曲〉說：「我的心　是怎樣的忿恨悲哀／我的悲哀　是無法排解／男權擁護的社會／雖然是　悲鳴有誰來瞅睬！」這在三〇年代的台灣社會是相當有睿智、有勇氣的仁者心懷。

〈蕩漾中的一個農村〉，不在歌頌農村美景，楊守愚不是關在書房裡不識農民血淚的士人，因此他選擇的題材是洪水苦難中的農村，他以簡單的比喻描寫山洪暴發人與房屋漂流，農村成為荒埔，怵目驚心的景象。這樣的詩正是日據時代台灣詩的典型之作。

楊守愚以一個漢學傳承者的身分，轉而為大量寫作白話文學的創作者，以一個熟諳日文卻堅持民族自尊以漢字寫作的人，我們不能不佩服他明智的選擇與堅定的毅力。光復後，他擔任彰化高工國文教職，一九五九年四月八日逝世，享年五十五歲。

楊　華（一九〇六——一九三六）

燕子去了後的秋光

一

燕子把世間一切的生命力帶去了。
剩下的，
是灰枯淒澀的秋光，
是嗚咽哀鳴的秋光。
是孤客、詩人枯絕的希望。
我對著秋的氛圍，深深感傷！

二

我沿著冷悠悠的村溪前進。

片片的黃葉，颯颯向溪水飄飛。
秋色染透了的四野，
只一分的秋意呀，喚起我愁鬱萬分！
看，載著落葉的溪水，兀自悠悠前奔。
啊！誰不能，誰不能對著溪水與殘葉傷心！

三

在春陽三月時使你停步徘徊的野花細草，
只有愁蹙蹙笑斂嬌藏。
在春風嫵媚中笑舞著伴你的嬌柳豔楊，
也只餘幾片殘葉，寒顫輕嘆、孤立在路旁。
看，荒場一片——一片荒場。
可荒了我索路的詩腸？

四

這在在足以使人愁鬱的，

燕子去後的秋光啊！
我欲留燕子永不回去，
我渴望秋光不再來到！
——不、不！
我是無論如何痛愛這悲豔的燕子去後的秋光。

·原載於《台灣文藝》創刊號，一九三四年十一月五日出版。

小詩

一

人們看不見葉底的花，
已被一雙蝴蝶先知道了。

二

落花飛到美人鬘上，
停一刻又隨著春風去了。
落花、美人、春風同是無意中相遇。

三

人們散了後的秋千，
閒掛著一輪明月。

四

莽原太曠闊了，
夕陽又不待人的斜下去了，
唉！走不盡的長途呵！

鑑　評

楊華，原名楊顯達（一說楊建），另有筆名楊花、楊器人，台灣屏東人，大約生於一九〇六年。有關楊華生平的最原始資料，大約是楊逵主編的《台灣新文學》第一卷第四號（一九三六年五月四日）的一則啟事：「島上優秀的白話詩人楊華（楊顯達），因過度的詩作和為生活苦鬥，約於兩個月前病倒在床，曾依靠私塾教師收入為生，今已斷絕，陷入苦境，企待諸位捐款救援，以助其元氣。病倒於屏東市一七六貧民窟。」可惜，詩人竟在雜誌出刊的當月三十日懸梁自盡！

如果說賴和是以長篇的史詩奠立他在台灣新詩史上的地位，那麼，楊華卻是以小詩的精鍊贏得後人的讚嘆。他的三輯小詩集，分別是《心弦集》（五十二首小詩，寫於一九三二年一月，發表於《南音》）、《晨光集》（五十九首小詩，寫於一九三三年六月至三四年十一月，發表於《台灣新文學》二卷一號）、《黑潮集》（五十三首小詩，寫於一九二七年二月，發表於一九三七年《台灣新文學》第二卷第二號、三號）。其中，《黑潮集》寫作最早，發表最晚，詩集前有序：「這五十餘篇小詩，是我在一九二七年二月五日為治安維持法違犯被疑事件，被捕監禁在台南刑務所（監獄）裡時所作的。」署名楊器人，寫序日期是一九二七年二月二十四日，也就是在二十天內寫出這五十多首小詩，詩才之捷，遠非當時一般詩人可比。此集之發表則遲至楊華死後，友人整理遺物才發現，發表於一九三七年一月與三月出版的《台灣新文學》，距其創作日期剛好整整十年。

林載爵在〈黑潮下的悲歌——詩人楊華〉文中指出：「五十餘節小詩雖然未經潤色，稍嫌散漫，但本其對環境的親身感受，卻一貫地環繞著歷史性的主題——個人與時勢的關係。」（原載《夏潮》雜誌一卷八期，後收入《日據下台灣新文學．詩選集》三三～四四頁）。

羅青在評論《日據下台灣新文學．詩選集》的專文中，嚴苛地說：「集中大部分的作者，都不是專心致力於詩創作的，他們大多是抗日志士，胸中別有懷抱，在文字獄迭興的時代，不得已，藉著較為含蓄而模稜的詩形式，來發洩一己之鬱悶罷了。詩創作本不是他們的目的，結果不佳也是當然的事。」但他也不能不承認「最具有詩心的，就是楊華」、「在藝術上較有成就的，只有楊華一人。」（見《詩的風向球》第一一九～一四六頁，一九九四年八月，爾雅出版社）

〈燕子去了後的秋光〉，寫燕子把世間一切的生命力帶去了，在灰枯淒澀的秋光裡，人的冷怯、哀慟。〈小詩選〉，選了楊華在一九二七年參加《台灣民報》徵詩比賽得第二名的小詩三首，及《黑潮集》最後一首。第一首小詩，人與昆蟲各有優勢；第二首，美好的事物偶然緣聚，偶然緣散；第三首，人與自然的動靜對比、久暫對比；第四首寫空間遼闊，時間有限，人卻必須探向無涯的知的領域。此四首小詩，詞精意美，令人沉思。

水蔭萍（一九〇八——一九九四）

茉莉花

被竹林環抱的園中有涼亭　玉碗、素英、皇炎、錢菊、白武君，這些菊花將園中
空氣濃暖馥郁　從枇杷葉抓出跳蟲，金色的絲垂著皎皎月色，蹓躂十三日的夜晚
丈夫亡故之後，扶拉烏傑就剪了髮　在白色喪服期間，太太磨著指甲　嘴脣用口
紅裝飾　畫著柳眉

這麼美麗夫人對亡夫並不哭泣，她只在夜裡踏著月光與亡夫的花園

由房間洩出的是普羅密修斯的彈奏　抑或拿波麗式歌曲在白色鍵盤抖動　扶拉烏
傑把杜步西掛上電唱機　涼亭裡白色剪髮的夫人懸著鑽石耳墜　拿著指揮棒　菊
花葩有著精靈在呼吸

慘兮兮地夫人獨自黯然哭泣　短髮蕩漾沒人知道扔在丈夫棺中的黑髮　不哭泣的
夫人備受誤會　要與丈夫亡故的悲痛巨變搏鬥　畫了眉紅脣豔麗　那種痛苦無人
知曉

夫人抬頭了
修長睫毛泛著淡影
蒼白嘴脣沒有塗紅　結在鬢角的茉莉花
於夜裡曳引著白色清香

·一九三四年十二月作品，原載《台南新報》文藝欄，月中泉譯。

鑑評

水蔭萍，原名楊熾昌，另有筆名南潤、島亞夫等，台灣台南人。一九〇八年生，一九九四年辭世。一九二九年水蔭萍畢業於台南二中，兩年後進入日本文化學院攻讀日本文學，曾參加日本「椎之木」、「詩學」、「神戶詩人」等詩社，並且發表詩作。一九三三年奔父喪返台，次年參加《台南新報》文藝欄編輯工作，從此進入創作的巔峰時期，常在《台南新報》、《台灣新聞》發表新詩。一九三五年秋季，水蔭萍與先後期台南二中（現今的台南一中）同學林永修（林修二、南山修，台南麻豆人）、李張瑞（利野蒼，台南關廟人），張良典（丘英二，台南市人），並邀請日人戶田房子、峰麗子、尚梶鐵平（島元鐵皮），組成「風車詩社」，發行《風車詩刊》，一九三五年秋季創刊，一九三六年夏季停刊，不定期出刊，十二開本，每期只發印七十五本，所造成的影響十分有限，但其存在的意義卻頗值得探索。根據黃武忠引述楊熾昌本人的話：「台灣當時受日本統治，在這種環境下，我認為文學應該捨棄政治立場，而追求純正的表現，才能在政治的狹縫中，永遠生長茁壯。」（見《日據時代台灣新文學作家小傳》九十一頁）。也就是說，在日人統治下也有追求純藝術的詩人，風車詩社雖曇花一現，卻已預示了台灣詩在寫實、抗議之外的另一種風格，另一種可能。

《風車詩刊》的宗旨，除標明「主張主知的現代詩的敘情，以及詩必須超越時間、空間，思想是大地的飛躍。」之外，並奉法國超現實主義的宣言為創作圭臬。林芳年曾如此評述楊熾昌：「他被人稱為耽美派——唯美主義詩人，是採取象徵性的描寫法，其作品為一些寫實派的人們所排斥，但站在純藝術的立場而言，他的作品有點乖離現實，惟按其內容，他有他的思想體系，有他的人生觀，其藝術價值是不可以否認的。」（見一九七八年七月八日《自立晚報》副刊〈韻律在詩文中的重要性〉）

〈茉莉花〉的寫作方法相當傑出，寫高貴夫人在丈夫亡故之後內心深沉的悲慟，全詩以聲（普羅密修斯的彈奏，拿波麗式歌曲，杜步西）以色（不同的菊花，金色的絲垂著皎皎月色，白色鍵盤，鑽石耳墜，黑髮）烘托悲痛，一般人只看見不哭的未亡人，卻不了解更深沉的悼念！

覃子豪（一九一二——一九六三）

追求

大海中的落日
悲壯得像英雄的感嘆
一顆星追過去
向遙遠的天邊

黑夜的海風
颳起了黃沙
在蒼茫的夜裡
一個健偉的靈魂
跨上了時間的快馬

過黑髮橋

佩腰刀的山地人走過黑髮橋
海風吹亂他長長的黑髮
黑色的閃爍
如蝙蝠竄入黃昏

黑髮的山地人歸去
白頭的鷺鷥，滿天飛翔
一片純白的羽毛落下
我的一莖白髮
溶入古銅色的鏡中
而黃昏是橋上的理髮匠
以火燄燒我的青絲

我的一莖白髮
溶入古銅色的鏡中
而我獨行
於山與海之間的無人之境

港在山外
春天繫在黑髮的林裡
當蝙蝠目盲的時刻
黎明的海就飄動著
載滿愛情的船舶

註：黑髮橋為台東去新港途中之一橋名。

瓶之存在

淨化官能的熱情，昇華為靈，而靈於感應

吸納萬有的呼吸與音籟在體中，化為律動
自在自如的
挺圓圓的腹

挺圓圓的腹
似坐著，又似立著
禪之寂然的靜坐，佛之莊嚴的肅立
似背著，又似面著
背深淵而面虛無
背虛無而臨深淵
無所不背，君臨於無視
無所不面，面面的靜觀
不是平面，是一立體
不是四方，而是圓，照應萬方
圓通的感應，圓通的能見度
是一軸心，具有引力與光的輻射
挺圓圓的腹

清醒於假寐，假寐於清醒
自我的靜中之動，無我的無動無靜
存在於肯定中，亦存在於否定中

不是偶像，沒有眉目
不是神祇，沒有教義
是一存在，靜止的存在，美的存在
而美形於意象，可見可感而不可確定的意象
是另一世界之存在
是古典、象徵、立體、超現實與抽象
所混合的秩序，夢的秩序
誕生於造物者感興的設計
顯示於渾沌而清明，抽象而具象的形體
存在於思維的赤裸與明晰

假寐七日，醒一千年
假寐千年，聚萬年的冥想

化渾噩為靈明，化清晰為朦朧
群星與太陽在宇宙的大氣中
典雅、古樸如昔
光煥、新鮮如昔
靜止如之，澄明如之，渾然如之
每一寸都是光
每一寸都是美
無需假借
無需裝飾

繁星森然
閃爍於夜晚，隱藏於白晝
無一物存在的白晝
太陽是其主宰
青空渺渺，深邃
而有不可窮究的富饒深藏
空靈在你的腹中

是不可窮究的虛無

蛹的蛻變，花的繁開與謝落
蝶展翅，向日葵揮灑種子
演進、嬗遞、循環無盡？
或如笑聲之迸發與逝去，是一個刹那？
刹那接連刹那
日出日落，時間在變，而時間依然
你握時間的整體
容一宇宙的寂寞
在永恆的靜止中，吐納虛無
自適如一，自如如一，自在如一
而定於一
寓定一於孤獨的變化中
不容分割
無可腐朽

一澈悟之後的靜止
一大覺之後的存在
自在自如的
挺圓圓的腹
宇宙包容你
你腹中卻孕育著一個宇宙
宇宙因你而存在

鑑評

覃子豪，一九一二年生於四川廣漢縣原籍，譜名天才，學名覃基，後改名為覃子豪。一九三二年赴北平，入中法大學，一九三五年東渡日本，入東京中央大學，兩年後回國。大陸時期，覃子豪多次擔任軍中及地方報紙編務，出版過詩集《自由的旗》（一九三九年）、《永安劫後》（一九四五年）、譯詩集《匈牙利裴多菲詩抄》及散文集《東京回憶散記》。

一九四七年覃子豪來台，擔任台灣省物資調節委員會專員，五年後改任糧食局督導員。一九五一年，覃子豪與紀弦、鍾鼎文、葛賢寧等人，商借《自立晚報》版面，編輯出版《新詩週刊》（一九五一年十一月至一九五三年九月）共九十四期，可以視為一九四九年國民黨政府播遷來台之後的第一個詩刊，從此，覃子豪與台灣詩壇繫下了不解之緣。自此以後，至一九六三年十月十日覃子豪逝世，十二年間，他先後主編《新詩週刊》（一九五一年，自立晚報），創辦「藍星詩社」（一九五四年三月），創刊《藍星新詩週刊》（一九五四年六月，公論報），《藍星宜蘭版》（一九五七年元月，月刊），主編《藍星詩選》叢刊（一九五七年），創刊《藍星季刊》（一九六一年六月），這樣的精力與精神，環顧詩壇，至今還無人能出其右。這十二年之中，覃子豪還出刊了三冊詩集：《海洋詩抄》（一九五三年四月），《向日葵》（一九五四年九月），《畫廊》（一九六二年四月）；兩冊評論集：《詩的解剖》（一九五八年一月），《論現代詩》（一九六〇年十一月）。覃子豪逝世十年後，詩壇友人為其出版《覃子豪全集》三大冊，詩、論、譯作、散文、書信，盡在其中。

覃子豪的詩觀，早期為抒情主流的堅持，他認為：「詩的特徵，就是在於抒情，詩如果沒有抒情的成分，也就沒有了詩的本質。」一九五七年紀弦「現代派」提示六大信條，主張主知的詩，以為現代詩乃橫的移植，覃子豪曾提出六大原則與之對抗，認為詩應蘊蓄人生的意義，能與讀者作心靈的共鳴，重視實質的表現及表現的完美，並尋求詩的思想根源，在準確中求新的表現，而以自我創造的完成為風格的表現。如〈追求〉一詩可視為覃子豪生命氣質的流露，覃子豪與紀弦都具有張漢良所稱的「典型的浪漫主義英雄」（見《現代詩導讀》，一九七九年十一月，故鄉出版社），覃氏有逐日英雄的悲壯，不管外在環境如何惡劣（海風，黃沙，蒼茫，夜），仍然自許為健偉的靈魂，勇於與時間競逐；驗證覃子豪一生為詩刊奔走，為詩教奮鬥，孜孜矻矻，正是這種「追求」的最佳寫照。

晚期的覃子豪則追求神祕奧義的遇合，他自己認為〈瓶之存在〉便是「抽象表現的實驗」。

瓶是一個實有物，有其外形，但詩人要找出他的抽象性；瓶是具體的存在，其內在應有其具象性，足夠讓人深思、領會。因此，首段說瓶「自在自如的／挺圓圓的腹」，「圓腹」是其具象性，而「自在」不就是詩人與讀者可以領會的抽象性嗎？末段說：「宇宙包容你／你腹中卻孕育著一個宇宙」，宇宙中的瓶之存在是具象的，瓶之存在中的宇宙卻是詩人擬設的抽象世界。然而，這不是觀物冥思的結果嗎？覃子豪為自古已有的「詠物詩」開啟了一扇哲理探索的窗子。

〈過黑髮橋〉一詩，可能是覃子豪最後的作品，顯然又回到日常生活的觀察與體會，詩人的個人氣質終究是不自覺地透露出來。

紀弦（一九一三——二〇一三）

阿富羅底之死

把希臘女神Aphrodite塞進一具殺牛機器裡去
　　切成
　　塊狀
把那些「美」的要素
抽出來
製成標本；然後
　　　一小瓶
　　　一小瓶
分門別類地陳列在古物博覽會裡以供民眾觀賞

並且受一種教育
這就是二十世紀：我們的

一片槐樹葉

這是全世界最美的一片，
最珍奇，最可寶貴的一片，
而又是最使人傷心，最使人流淚的一片：
薄薄的，乾的，淺灰黃色的槐樹葉。

忘了是在江南，江北，
是在那一個城市，那一個園子裡撿來的了，
被夾在一冊古老的詩集裡，
多年來，竟沒有些微的損壞。

蟬翼般輕輕滑落的槐樹葉，
細看時，還沾著些故國的泥土哪。
故國喲，啊啊，要到何年何月何日
才能讓我再回到你的懷抱裡
　去享受一個世界上最愉快的
　　飄著淡淡的槐花香的季節？……

狼之獨步

我乃曠野裡獨來獨往的一匹狼。
不是先知，沒有半個字的嘆息。
而恆以數聲悽厲已極之長嘷
搖撼彼空無一物之天地，
使天地戰慄如同發了瘧疾；
並颳起涼風颯颯的，颯颯颯颯的：
這就是一種過癮。

鑑評

紀弦，本名路逾，另有筆名路易士、青空律，陝西周至人，一九一三年四月廿七日生。一九三三年七月於蘇州美專畢業，一九三四年在上海創辦《火山》詩刊，一九三六年留學日本，與覃子豪在東京相識，接著與徐遲、戴望舒等創辦《新詩》月刊，一九四八年十一月來台，接任《平言日報》副刊《熱風》編輯，一九四九年五月應聘為台北成功中學國文老師，以迄退休。一九五三年二月獨資創辦《現代詩》季刊，一九五六年倡導成立「現代派」。一九七六年十二月到美國加州聖馬太奧定居。著有詩集《行過之生命》、《在飛揚的時代》、《摘星的少年》、《檳榔樹甲、乙、丙、丁、戊集》、《晚景》、《半島之歌》、《紀弦自選集》及散文、評論集廿餘種。

紀弦的寫詩生涯，迄今已歷六十餘載，其生命力與創作力，一直十分強旺，令人深深感佩。他的詩風新銳、特異、有個性，富變化，善用各種技法，時呈飛躍之姿，有其睥睨一切的獨到處。羅青在〈俳偕幽默論紀弦〉一文末有至為中肯的結語：「他的詩，早期多有向『命運開玩笑』的雅量，有『滑稽玩世』的遁逃，也有『豁達超世』的征服，嘲人時有，嘲己亦不停，時而又嘲人嘲己並出，變化十分的豐富。晚期，則漸漸了解與命運和平共處之道，以風趣的態度欣賞之，既不『遁逃』，亦不『征服』，以『溫柔敦厚』的詩教為依歸，表現了詩與自然渾然一體的境界」。

本書選入〈阿富羅底之死〉、〈一片槐樹葉〉和〈狼之獨步〉三首，似乎隱隱透露紀弦詩創作三種不同的風華。第一首的取材，作者旨在努力排掉一切的情緒，將阿富羅底（即希臘神話中愛與美的女神維納斯）放進一具殺牛機器裡去，意在暗示現代工業文明的無情，勢將鯨吞和摧殘一切，人類命運之悲慘，可以預見；第二首〈一片槐樹葉〉，從珍藏的書冊中發現，雖薄如蟬翼，但卻沾著故國的泥土和淡淡的花香，一縷縷似水的鄉愁力透紙背；第三首〈狼之獨步〉，是作者目空一切的自況，詩人恆與獨孤無一物的天地為伴，而結尾連續使用六個「颯」字，駭然大增款（獨）步之姿的節奏與風采，令人讚嘆。

鍾鼎文（一九一四——二〇一二）

人體素描

髮

寄一切的風情於髮吧，
髮是慣於打著旗語的青春底旗。

而我，已經是年逾四十，
在髮裡早有了叛逆的潛藏。

一旦這些叛逆們公然譁變，
從邊陲起義，問鼎中原。

我的髮將成為白色的降幡，
迎接無敵的強者之征服。

乳

圓潤，匀稱，
美學上永恆的焦點。

女人們代表維娜絲時代，
她們的傑作屬於古典派；
男人們代表馬蒂斯時代，
他們的傑作屬於野獸派。

為了美學，
誰都會作明智的抉擇。

臂

夫人，在你玲瓏的身上，
寄生著光滑的、狡猾的蛇。

你的晚禮服不僅讓你身上的蛇游出來，
而且暗示著樂園的禁果已經熟透……

臍

從殖民時代遺留下來的一口枯井，
它曾經為我們湧流過生命的活泉。

在它的斷流之日，我們的生命脫穎而出，
以第一聲啼哭，發表「獨立宣言」。

這歷史的遺跡，記下我們先天的恥辱，
顯示出我們的前身，原是吸血的寄生蟲。

每當我俯首默念，對著枯井懺悔，
啊，母親！對於你，我是永恆、永恆的罪人。

腳

是誰、最先舉起前面的兩隻腳，
在黑暗中，向繁星祈禱？

從此我們只剩下後面的兩隻腳，
再不能同狗和兔子賽跑。

鑑評

鍾鼎文，學名國藩，筆名番草，安徽舒城人。一九一四年生，一九二七年就讀安慶省立一中時，受國文老師高歌影響，接受新思潮，寫作新體詩，高歌為「狂飆社」詩人，時任《皖報》副刊主編，因見學生鍾國藩所作新詩〈塔上〉極為優秀，安排在《皖報》上發表，析其名字中之「藩」字，為其署名「番草」，這是鍾鼎文踏入新詩的第一步。

一九二九年，鍾鼎文輾轉進入吳淞中國公學，當時校長為胡適，一九三二年「一二八」滬戰發生時，該校被毀，改入北大就讀，後赴日留學，改名「鼎文」，考入帝國京都大學，初修哲學，後習社會學，一九三六年返國，擔任南京軍校教官，次年任上海《天下日報》編輯，兼復旦大學教授。抗日戰爭爆發後，因緣際會，曾在廣西、安徽擔任要職，一九四五年任國民黨中央黨部文書處長，一九四九年始辭去黨職，撤退到台灣，但仍為舒城所選出之國大代表，直至退休。

鍾鼎文與覃子豪、紀弦，五〇年代、六〇年代時被稱為詩壇三老。曾任《自立晚報》總主筆三十年，《聯合報》主筆三十年，新詩學會理事長，世界詩人大會榮譽會長及其常設機構藝術文化學院院長。著有詩集《行吟者》（一九五一年）、《山河詩抄》（一九五六年）》、《白色的花束》（一九五七年）、《雨季》、《國旗頌》（一九六七年）等。

詩人之詩與其生活之窮達有所繫連，鍾鼎文與覃子豪、紀弦不同之處，在於來台後，身居要津，生活優渥，歌詠之作自多，深思冥想之詩相對減少。〈人體素描〉原為一首組詩，此處僅選錄五則，兼有歌詠與冥思之優。以〈乳〉而言，可以看出鍾鼎文的「美學」抉擇，他喜歡維娜絲時代的古典派，不喜歡馬蒂斯的野獸派，正符合前述詩與生活的實際面貌。

〈臂〉詩則有性的暗示與批判，將女人的手臂喻為「蛇」，也將女人的身體喻為蛇，自臂而腰，水蛇模樣，性的誘惑瀰滿而出。〈臍〉詩以「枯井」喻「臍」，十分奇妙，「殖民時代」、「獨立宣言」云云，可以視為政經系、社會學的歷史遺跡，與〈髮〉的「邊陲起義」、「白色降幡」有其職業習性，可相呼應。〈腳〉詩則有諧趣，舉前腳祈禱，與動物賽跑，幽默、諷刺，兼而有之。這一組詩，大抵可以欣賞到鍾鼎文詩的不同風格，沒有哲學上的奧義，卻有社會學的特殊俯角。

吳瀛濤（一九一六——一九七一）

空白

要在空白填些什麼呢
蒼穹或海洋
或是少女透明的夢
像貝殼聆聽
就會聽見一些什麼
那是不是季節帶來的風
或是從那兒來的黃昏的跫音

啊，此刻，該在漸暗的窗邊點亮燈光吧

鑑評

吳瀛濤，台北市人，一九一六年七月十八日生，一九七一年十月六日去世，享年五十五歲。一九三六年，參與發起台灣文藝聯盟，一九三九年開始寫詩，一九四二年曾以小說〈藝廼姐〉獲選《台灣藝術》小說懸賞，次年兼任《台灣藝術》記者。一九四四年旅居香港，曾與詩人戴望舒往來，中、日文詩作極多。台灣光復後，擔任國語通譯，服務於台灣長官公署祕書室，一九四六年任職台灣省菸酒公賣局，直至一九七一年退休，服務公職整整二十五年。根據紀弦的回憶：「他服務於公賣局多年，公餘之暇從事寫作，很少參加文藝界的活動。他既不爭名奪利，也不跟時髦湊熱鬧，只是恬淡地生活著，沉默地工作著。」（見《笠》詩刊四十六期）。

吳瀛濤對詩的看法是：「詩的表現是一個人的生命過程，詩也是某人的生命史。生命充實，其詩也充實；生命虧虛，其詩也虧虛。詩一方面是生活紀錄，另一方面卻屬於生命紀錄。」（見《台灣文藝》三十二期）可以說，「生活」與「瞑想」是他詩中的最主要部分，因此，他的詩集分別命名為《生活詩集》（一九五三年）、《瀛濤詩集》（一九五八年）、《瞑想詩集》（一九六五年）、《吳瀛濤詩集》（一九七〇年，含青春詩集、生活詩集、都市詩集、風景詩集、瞑想詩集、陽光詩集六部分）。另有民俗研究作品《台灣民俗》、《台灣諺語》等。

《混聲合唱——笠詩選》的編者認為：「吳瀛濤是一位熱愛生命、關懷現實的詩人。他的詩有哲理的瞑想，也有浪漫的情趣，無論是偏向理性或偏向感性的詩，都能顯示詩人介入的精神和態度，他是一位真摯的詩創作者。」吳瀛濤的詩都相當平白，創作量極豐，中文使用流利，此處選錄的〈空白〉是他以日文寫作再譯成中文的作品，較諸其他中文作品更有韻味。

空白，是天色漸黑，不見世界萬物萬象的空白，是內心茫然，不知如何的空白。外與內，俱為空白。空白之處填些什麼？「蒼穹」，就是天空啊！那是最大的空白；「海洋」，空蕩蕩，是另一種空白；「少女透明的夢」，巨大無朋，是冥想中的空白。即使三、四段改用聲音表達，貝殼聆聽「風」或「黃昏的跫音」，仍然是不定的「空」與「白」。「空白」，心境的描寫已達出神狀態（漸暗的窗邊尚未點亮燈），貼切之至！

彭邦楨（一九一九——二〇〇三）

月之故鄉

天上一個月亮
水裡一個月亮
天上的月亮在水裡
水裡的月亮在天上

低頭看水裡
抬頭看天上
看月亮，思故鄉
一個在水裡

一個在天上

鑑評

彭邦楨，湖北黃陂人，一九一九年八月廿一日生。童年時勤讀四書五經，一九三七年入楚材中學，一九三八年進入軍校十六期，抗戰期間輾轉於西南各省，來台後曾任高雄及左營軍中電台台長，致力新詩、散文及理論之寫作。早年與《現代詩》、《藍星》、《創世紀》詩人群時相過從，但始終不加入任何詩社。一九七五年赴美，與美國女詩人梅茵．黛麗兒共締連理，並膺任美國世界詩人資料中心主席。一九九二年，他在紐約與方思、尹玲、宋穎豪、陳寧貴等發起創辦《詩象》詩刊。曾獲巴基斯坦自由大學榮譽文學博士學位，菲律賓桂冠詩獎。著有詩集《載著歌的船》、《戀歌小唱》、《花叫》、《清商三輯》、《彭邦楨文集》（四卷），詩評集《詩的鑑賞》等多種。

彭邦楨於五〇年代投身現代詩壇，是非常資深的詩人，早期詩作以歌唱純真的愛情為主調，意象透明而聲律優美；四十五歲以後，他的語言更加淬煉，風格益趨成熟，而成於五十一歲的《花叫》，顯然是他的代表作，他自己形容寫《花叫》時，彷彿完全突破了某種思路與文路的瓶頸，越過重重障礙，而進入柳暗花明的另一種境界。彭邦楨熱愛新詩創作逾五十載，無怨無悔，且曾作過多種實驗，如對現代詩押韻之提倡等等，或如趙國泰、黃建中在他的文集序言中所說：「那一派不衫不履的瀟散，那一襲採菊東籬的悠然，真有別古今，獨出一秀，創造出他新古典的詩風」。

〈月之故鄉〉寫於一九七七年的耶誕，那夜作者在紐約長島親戚家中作客，賦歸途中經過一湖，乍見寒月當空，盈盈如鏡，因而湧現濃濃的鄉愁，一氣呵成這首詩。透過台灣《中華文藝》月刊的發表，繼而被北京《詩刊》轉載。一九八〇年六月被譜成曲，在大陸《歌曲》月刊發表，透過各級學校的教唱、演唱，由詩化成歌聲，而風行大江南北，家喻戶曉。本詩語言清明，寓意深刻，寫出了當時兩岸同胞共同普遍的心聲，更擴大詩的感染的效用：「心是靈光一片，照遍山河萬朵」。

周夢蝶（一九二一——二〇一四）

孤峰頂上

恍如自流變中蟬蛻而進入永恆
那種孤危與悚慄的欣喜——
髣髴有隻伸自地下的天手
將你高高舉起以寶蓮千葉
盈耳是冷冷襲人的天籟。

擲八萬四千恆河沙劫於一彈指！
靜寂啊，血脈裡奔流著你
當第一瓣雪花與第一聲春雷
將你底渾沌點醒——眼花耳熱
你底心遂繽紛為千樹蝴蝶

向水上吟誦你底名字
向風裡描摹你底蹤跡；
貝殼是耳，纖草是眉髮
你底呼吸是浩瀚的江流
震搖今古，吞吐日夜。

每一條路都指向最初！
在水源盡頭。只要你足尖輕輕一點
便有冷泉千尺自你行處
醍醐般湧發。且無須掬飲
你顏已酡，心已洞開。

而在春雨與翡翠樓外
青山正以白髮數說死亡；
數說含淚的金檀木花
和拈花人，以及蝴蝶

自新埋的棺蓋下冉冉飛起的。

踏破二十四橋的月色
頓悟鐵鞋是最盲目的蠢物！
而所有的夜都鹹
所有路邊的李都苦
不敢回顧：觸目是斑斑刺心的蒺藜。

恰似在驢背上追逐驢子
你日夜追逐著自己底影子
直到眉上的虹采於一瞬間
寸寸斷落成灰，你纔驚見
有一顆頂珠藏在你髮裡。

從此昨日的街衢；昨夜的星斗
那喧囂；那難忘的清寂
都忽然發現自己似的

發現了你。像你與你異地重逢
在夢中，劫後的三生。

烈風雷雨魑魅魍魎之夜
合歡花與含羞草喁喁私語之夜
是誰以猙獰而溫柔的矛盾磨折你？
雖然你的坐姿比徹悟還冷
比覆載你的虛空還厚而大且高……

沒有驚怖，也沒有顛倒
一番花謝又是一番花開。
想六十年後你自孤峰頂上坐起
看峰之下，之上之前之左右。
簇擁著一片燈海——每盞燈裡有你。

樹

等光與影都成為果子時，
你便怦然憶起昨日了。

那時你底顏貌比元夜還典麗
雨雪不來，啄木鳥不來
甚至連一絲無聊時可以折磨折磨自己的
觸鬚般的煩惱也沒有。

是火？還是什麼驅使你
衝破這地層？冷而硬的。
你聽見不，你血管中循環著的吶喊？
「讓我是一片葉吧！
讓霜染紅，讓流水輕輕行過……」

於是一覺醒來便蒼翠一片了！
雪飛之夜，你便聽見冷冷
青鳥之鼓翼聲。

還魂草

「凡踏著我腳印來的
我便以我，和我底腳印，與他！」
你說。

這是一首古老的，雪寫的故事
寫在你底腳下
而又亮在你眼裡心裡的，
你說。雖然那時你還很小
（還不到春天一半裙幅大）

你已倦於以夢幻釀蜜
倦於在鬢邊襟邊簪帶憂愁了。

穿過我與非我
穿過十二月與十二月
在八千八百八十之上
你向絕處斟酌自己
斟酌和你一般浩瀚的翠色。

南極與北極底距離短了，
有笑聲曄曄然
從積雪深深的覆蓋下竄起，
面對第一線金陽
面對枯葉般匍匐在你腳下的死亡與死亡
在八千八百八十之上
你以青眼向塵凡宣示：
「凡踏著我腳印來的

我便以我，和我底腳印，與他！」

註：傳說世界最高山聖母峰頂有還魂草一株，經冬不凋，取其葉浸酒飲之可卻百病，駐顏色。按聖母峰高海拔八千八百八十二公尺。

九宮鳥的早晨

九宮鳥一叫
早晨，就一下子跳出來了

那邊四樓的陽台上
剛起床的
三隻灰鴿子
參差其羽，向樓外
飛了一程子
又飛回；輕輕落在橘紅色的闌干上

就這樣：你貼貼我，我推推你
或者，不經意的
剝啄一片萬年青
或鐵線蓮的葉子

猶似宿醉未醒
闌闌珊珊，依依切切的
一朵小蝴蝶
黑質，白章
遶紫丁香而飛
也不怕寒露
染溼她的裳衣

不曉得算不算是另一種蝴蝶
每天一大早
當九宮鳥一叫
那位小姑娘，大約十五六七歲

（九宮鳥的回聲似的）
便輕手輕腳出現在陽台上
先是，擎著噴壺
澆灌高高低低的盆栽
之後，便鉤著頭
把一泓秋水似的
不識愁的秀髮
梳了又洗，洗了又梳
且毫無忌憚的
把雪頸皓腕與蔥指
裸給少年的早晨看

在離女孩右肩不遠的
那邊。雞冠花與日日春的掩映下
空著的籐椅上
一隻小花貓正匆忙
而興會淋漓的

在洗臉
於是，世界就全在這裡了
世界就全在這裡了
如此婉轉，如此嘹亮與真切
當每天一大早
九宮鳥一叫

鑑評

周夢蝶，本名周起述，河南淅川縣人，一九二一年二月十日生，祖父為晚清秀才，父親早逝，由母親撫育成人，從小在貧困環境中長大，寡言少語，淡泊名利，晚年亦未嘗稍改。周夢蝶曾在一九四三年就讀河南省立開封師範（當時遷校至鎮平縣），兩年後學校遷回開封市，他又輟學在家，直到一九四七年才又進入宛西鄉村師範修完師範學業，並參加青年軍，次年隨軍來台，一九五六年退役。

一九五九年秋天開始，周夢蝶在武昌街與重慶南路轉角處擺書攤，專賣詩集和純度極高的文學作品，後來沿武昌街向西移至明星咖啡廳樓下，直至七〇年代結束，當時嚮往文學的青年男女，無不數度到他的書攤前徘徊竟日，有時翻閱書籍，有時與之交談，有時只是靜靜感受他冥然獨坐的禪境。在六〇年代、七〇年代，武昌街頭成為台北重要的文化街景之一，滿足並增強了許多愛詩的心靈。《七十年代詩選》編者說：「從沒有一個人像周夢蝶那樣贏得更多純粹心靈的迎擁與嚮往。周夢蝶是孤絕的，周夢蝶是黯淡的，但是他的內裡卻是無比的豐盈與執著。」指的就是貧困的物質生活條件下，怡然平靜的一顆心，熾熱的詩情湧盪不已，「火是為雪而冷」，「鑄火為雪」，「雪中取火」，以兩極的對立逼使詩的怡然瀰滿而出。

周夢蝶的第一本詩集《孤獨國》出版於一九五九年四月，在紅塵之中而又摒紅塵於千里之外的孤絕，其實是一種寧靜心靈的寫照，格外令人著迷。第二本詩集《還魂草》則是詩與禪的結合，出版於一九六五年七月，至二〇〇二年出版《約會》、《三十朵白菊花》等。

蘇東坡評陶淵明詩作「質而實綺，癯而實腴」，以此八字視周夢蝶的〈孤峰頂上〉，竟也如合符契。以第一段而言，質之於綺：蟬蛻／流變，孤危與悚慄／欣喜，地下／天手，冷冷天籟／寶蓮千葉，都以如此華貴之「火」捧舉靜純之「雪」，孤峰頂上（質）是由一片燈海簇擁著（綺），你在孤峰頂上（癯）而每盞燈裡有你（腴）。截然的繁華與冷清，讓人在絕冷之中感受絕美！

〈還魂草〉也是以絕高、絕冷來襯托生命的最大可能。絕高：聖母峰，海拔八千八百八十二公尺；絕冷：積雪深深的覆蓋下；「還魂草」則是經冬不凋，其葉浸酒，可以卻百病、駐顏色的生命再生之力！周夢蝶的詩總是在絕冷孤高處展現生命雖微細而長韌！

〈樹〉亦然，衝破地層的樹的生命力是神祕的，卻也是巨大的，此詩的時間感游走於未來、過去、現在，隨意而自如，首段「等光與影都成為果子時」於現在設想未來，「你便怦然憶起昨日了」則於未來設想過去。樹之為生命力蓬勃之象徵，就從這樣的時間感中活了起來。

近期的〈九宮鳥的早晨〉，欣欣然有凡俗之美，九宮鳥、小蝴蝶、小姑娘、小花貓，是興會淋漓的朝氣，淋漓盡致地呈現出周夢蝶臨晚卻有旭日心境的生命韌力。

詹冰（一九二一——二〇〇四）

水牛圖

角
　黑
角

擺動黑字型的臉
同心圓的波紋就繼續地擴開
等波長的橫波上
夏天的太陽樹葉在跳扭扭舞
水牛浸在水中但
不懂阿幾米得原理
角質的小括號之間
一直吹過思想的風
水牛以沉在淚中的

眼球看上天空白雲
以複胃反芻寂寞
傾聽歌聲蟬聲以及無聲之聲
水牛忘卻炎熱與
時間與自己而默然等待也許
永遠不來的東西
只
　等待等待再等待！

鑑評

詹冰，本名詹益川，苗栗縣卓蘭人，一九二一年七月八日出生，中學就讀於台中一中（五年制），開始習作和歌與俳句。中學畢業後，留學日本，一九四三年畢業於「明治藥專」，這時已開始新詩創作，作品〈五月〉等作品連續受到日本名詩人堀口大學的賞識、推薦。返台後結婚，台灣光復，他曾以日文寫作詩歌，發表於《中華日報》日文文藝欄，一九五八年擔任中學教員，並開始嘗試將自己的日文詩作譯成中文，直接以中文寫詩。

桓夫與詹冰，為中學同學，兩人同為「笠」詩社十二位發起人之一，於一九六四年六月十五日創辦《笠詩刊》，李敏勇在〈台灣在詩中覺醒〉文中認為，《笠詩刊》的創刊具有兩個重要的意義：「一是台灣詩人跨越語言文字的鴻溝後，已能純熟地使用通行的語言文字發聲；另一是台灣詩人跨越過二二八事件的恐怖肅殺經驗，從挫折中重新站立起來。」（見《混聲合唱》序，一九九二年九月，春暉出版社）。詹冰不是積極活躍的詩人，跨越語言障礙之後，也只默默地寫詩，他廣泛地閱讀各門類書籍，作為詩的營養，十分喜愛富於「機智」、表現明朗的法國詩，因此，《混聲合唱》的編者認為他是一位典型的知性詩人，洋溢著機智的喜悅。曾出版詩集《綠血球》（一九六五年）、《實驗室》（一九八六年）等兩冊，另有童詩集《太陽、蝴蝶、花》。

〈水牛圖〉是一首「圖象詩」，羅青認為：「民國四十五年（一九五六年）以後，在台灣的詩人才繼續開始在這方面探索。其中以林亨泰、詹冰二人為先驅，其後紀弦、白萩、王潤華、管管、葉維廉隨之，而其中以林、詹、葉、王等人最富原創性。」關於此詩，羅青認為「神」「形」相輔，「意」「圖」相成，「從水牛的外在形象與環境寫到水牛內在的心境，然後再轉化出他對時間生命的態度。」（參見《從徐志摩到余光中》第六十五頁及二七二頁）。

黑體的「黑」字，在「義」上表達了水牛與農夫膚色之黑，日陽底下曝曬的成績，台灣牛與台灣人的辛勤與苦命之象徵。在「形」上，神似牛眼之靈活與牛鬚之飄拂，詩人之慧心由此可鑑知。牛之遲穩，好像一個沉思的哲學家，他的生命更像是在無盡期的等待中。詹冰的思考性往往在這樣的不經意中表達出來。

陳秀喜（一九二一——一九九一）

樹的哀樂

土地被陽光漂白
成為一面鏡子
樹樂於看　八等身的自己
樹也悲哀過　逐漸矮小的自己
樹的心情　一熱一冷
任光與影擺布

陽光被雲翳
樹影跟鏡子消失
樹孤獨時才察覺
扎根在泥土才是真的存在

認識了自己
樹的心才安下來
再也不管那些
光與影的把戲
紮根在泥土的才是自己

鑑評

陳秀喜，新竹市人，一九二一年十二月十五日生，一九九一年二月十五日逝世。晚輩詩人自林煥彰以降都稱她為「姑媽詩人」，足見其待人與處事之溫厚，深得晚輩敬重。所以，她於一九六八年加入「笠」詩社，三年後即被選任為「笠」詩社社長，長達二十年（一九七一—一九九一年）。

「跨越語言的一代」，林亨泰所稱從日據時期使用日文到國民黨政府來台使用中文的台籍詩人，陳秀喜即是其中之一。日據時代，陳秀喜畢業於新竹女子公學校，曾旅居上海、杭州（一九四二—一九四六年），見聞既多，視野亦廣，婚後隨夫遷居彰化、基隆、台北等地，晚年則獨居關仔嶺。陳秀喜擅用日文與中文寫詩，一九六七年參加台北短歌會、俳句社，一九六八年參加以中文、台語為表達工具的「笠」詩社，出版日文短詩集《斗室》，中文詩集

《覆葉》（一九七一年）、《樹的哀樂》（一九七四年）、《灶》（一九八一年）、《玉蘭花》（一九八九年）等，另有英譯詩集 *"The Last Love"*。

《混聲合唱》（笠詩選）的編者給她的贊語是：「陳秀喜是一個洋溢著母性光輝的詩人。她常以愛心為出發點，配合溫柔敦厚的筆觸，寫出鄉土之愛、事物之愛，不管是出之於呵護或形之於責難，均在她的詩中顯示出真實的愛和關懷。」

早期的詩如〈嫩葉〉、〈覆葉〉，即是以覆葉自喻，而以嫩葉喻兒女，「倘若生命是一株樹／不是為著伸向天庭／只為了脆弱的嫩葉快快茁長」，顯現如大地般深厚的母愛。陳秀喜的詠物詩也都能抓住事物的精神、本質，加以闡揚，如〈灶〉詩，說灶的肚中被塞進堅硬的薪木，忍受燃燒的苦悶，耐住裂傷的痛苦，但灶的悲哀沒人知曉，人們只知道詩句中的炊煙嬝娜美麗。可以視為寫詩醞釀之苦，也可視為女性的犧牲象徵。再如〈玉蘭花〉詩，說玉蘭花可以使計程車上的乘客七情六慾靜下來，別在母親胸前，夾在工人耳邊，可以為他們帶來笑容和快樂，所以，「玉蘭花覺得／枯萎也值得」。這樣的犧牲與奉獻，正是台灣母性的生命光輝，在陳秀喜的詩中隨時漾現。

〈樹的哀樂〉這首詩更擴大了母愛的力量，加入了泥土、大地的篤實，樹從影子中看見八等身的自己，隨光與影變換自己冷熱哀樂的心情，終而領悟出扎根在泥土才是真的存在。陳秀喜詩中的愛擴大了母愛、大地的意義。

桓　夫（一九二二——二〇一二）

咀嚼

下顎骨接觸上顎骨，就離開。把這種動作悠然不停地反覆，反覆。牙齒和牙齒之間挾著糜爛的食物。（這叫做咀嚼。）
——就是他，會很巧妙地咀嚼。不但好咀嚼，而味覺神經也很敏銳。

剛誕生不久且未沾有鼠臭的小耗子。
或滲有鹼味的蚯蚓。
或特地把蛆蟲叢聚在爛豬肉，再把吸收了豬肉的營養的蛆蟲用油炸⋯
或用斧頭敲開頭蓋骨，把活生生的猴子的腦汁⋯⋯。
——喜歡吃那些怪東西的他。

下顎骨接觸上顎骨，就離開。——不停地反覆著這種似乎優雅的動作的他。喜歡吃臭豆腐，自誇賦有銳利的味覺和敏捷的咀嚼運動的他。

坐吃了五千年歷史和遺產的精華。

坐吃了世界所有的動物，猶覺饕然的他。
在近代史上
竟吃起自己的散漫來了。

給蚊子取個榮譽的名稱吧

嗡嗡不停地　飛來
叮在我癱瘓的手背上
說是過境
過境　就抽一絲利己的致命的血去了
究竟

有多少蚊子真正無依
有多少蚊子值得同情
在我的手背上
在廣漠的國土裡
我底手越來越癱瘓了

鑑評

桓夫，本名陳武雄，另以陳千武之名從事翻譯工作，台灣南投縣名間人，一九二二年五月一日生。日據下台中一中畢業，曾任職林務局管理處、台中市政府庶務股長、台中市立文化中心主任及博物館長，退休後又任台灣筆會會長。

桓夫也是跨越語言的一代，一九三九年至一九四三年以日文創作，曾出版日文詩集《彷徨的草苗》、《花的詩集》、《媽祖的纏足》等；一九五八年開始以中文創作，為「笠」詩社重要發起人之一，其生命力之旺盛，領導《笠詩刊》的功勞，猶如張默之於《創世紀》。著有詩集《密林詩抄》、《不眠的眼》、《野鹿》、《剖伊詩稿》、《媽祖的纏足》等十部。為促進亞洲詩人的文化交流，桓夫積極籌備活動，主編《亞洲現代詩集》共五集，並在《笠詩刊》上譯述日本現代詩與理論，歷三十年而不懈，其精神令人感佩。正因為桓夫是跨越語言的一代，在創作的延續上或有斷層現象，但在中日詩壇的交流上，卻適時發揮了橋梁的功能，他一方面將日詩譯成中文，出版《日本現代詩選》、《溫柔的忠告》，一方面又將台灣詩篇譯成日文，在日本出版《華麗島詩集》、《台灣現代詩集》等。

桓夫〈詩的主題與背景〉文中，指陳日本殖民統治時期，台灣詩人的四個共通的創作主題，是：抵抗，批判，愛，希望。（見《笠》一三五期）。呂興昌據此認為日據下的桓夫詩作，其精神風貌與語言特性，包括：抵抗與希望，勞工生活的關懷，「聖戰」之批判。最後，呂興昌強調：「桓夫詩作，素以冷靜著稱，戰前戰後皆同，但他冷靜、知性的背後，仍然隱藏著一顆赤子之心。」（見《文學台灣》創刊號，一九九一年十二月）。這種赤子心從本書所選之〈咀嚼〉與〈給蚊子取個榮譽的名稱吧！〉之題目，可以看出。但桓夫詩作之一貫精神應是「批判」二字，桓夫富於歷史意識，熟知日本詩壇，履踏南洋密林，擁抱台灣現實，在廣大的時空認知下能出之以批判，豐富了詩的內涵。

〈咀嚼〉的諷刺性極強，中國人無所不吃，吃掉了五千年歷史遺產，因而對近代史一無所知，可能吃掉了自己！〈給蚊子取個榮譽的名稱吧！〉也是諷刺詩，蚊子吸血就是吸血，再取個榮譽的名稱，再給個冠冕的口號，無法改變「吸血」的本質。這樣意有所指、另有所涉的詩篇，不是具有極其強烈的批判性嗎？

羊令野（一九二三——一九九四）

五衣詞

胞　衣

一襲胞衣
十月不知寒
臍帶就是最初的牽掛
縛不住這宇宙陣陣心跳
隨著落地啼聲
讀出了生命之書的扉頁
每一個字都曾血水洗滌過的

襁褓

入世也等於出世
密密而縫的百衲
最難縫合的母親的陣痛
猶是貼身溫柔
裹著暗暗乳香的春天

戰袍

仔細的辨認過
猶辨認不出酒痕或者彈痕
一撫摸斑斕血跡
彷彿遍身隱隱作痛
猛然披掛驚起
雞聲啼過破曉時分

綵衣

已經老萊子了
滿頭白髮
一身綵衣
究竟要向誰舞呢
猶是昨夜夢裡
依稀聽見
　近鄉情更怯
不敢問來人

布衣

莫嫌這般藍縷
管他什麼輕裘
乾乾淨淨的
洗盡了東南西北煙塵
還我初服顏色

一襟春風夏雨
兩袖秋月冬雪

後記：母親節前夕，髮白未還鄉，青青子衿，對此情深。我想這一生，從胞衣到布衣之間，個中甘苦炎涼，非詩足以言之。親恩難報，況綵衣一舞耶！作五衣詞，是為記。

・一九七七年七月十三日

鑑評

羊令野，本名黃仲琮，筆名羊令野，安徽省涇縣人，一九二三年一月二十日生。十五歲從左杏村先生習詩詞，二十一歲從書法家許承堯作翰墨遊，兼修詩學，並盡讀許氏收藏歷代書畫精品，二十三歲開始接觸新文學轉而研習新詩，二十五歲赴浙江金華創辦《浙西週報》（後改為日報），另於《蘭溪導報》開闢「詩陣地」週刊，約出刊八期。一九四八年秋處女新詩集《血的告示》，以田犁筆名出版。

一九四九年隨軍輾轉舟山來台，並在軍中主持《前進報》的編務，一九五二年與好友翟牧、郝肇嘉三人合集的《筆隊伍》出版，此為當年軍中文藝的第一本創作。一九五六年一月參加紀弦創導的「現代派」，同年詩人節與葉泥、鄭愁予等借嘉義《商工日報》副刊版面，每週編輯出版《南北笛》詩刊，該刊後改為廿五開雜誌型，由他與羅行共同主持。一九六八年國軍成立詩歌隊，並出任首任隊長，同年七月七日借《青年戰士報》，創辦《詩隊伍》週刊，至一九八五年底休刊，前後凡十五載。一九七〇年春與台北諸詩友共同籌組「詩宗社」，發行《雪之臉》等叢書型詩刊五期。一九七四年與莊嚴、台靜農、戴蘭村、于還素、王壯為、汪中等組成「忘年書展」相約每年在台北展出，傳為藝壇盛事。一九七六年十一月下旬，羊令野率台灣十位現代詩人，應韓國筆會邀請，赴首爾訪問一週，備受該國文藝界之禮遇，返台後特出版《雪花的約會》詩文集以誌盛。一九八二年《現代詩》復刊，應邀擔任首任社長。一九八八年兩岸開放探親，他曾赴涇縣黃村探視長兄仲珊及堂弟炎培，使其四十年的鄉愁稍稍獲得紓解。羊令野來台後在軍中服務二十餘年，以上校軍階退役，終身未娶。近年一直獨居永和寓所，生活至為儉樸，除腳疾外，玉體尚稱健朗，一九九四年十月四日，不幸因心臟衰竭而與世長辭。

羊令野除新詩、散文、書法外，國學根基深厚，尤其擅長嵌字聯，飲譽文壇。一九七七年源成版《中國當代十大詩人選集》，對他的詩作曾有十分精湛之評述：「從傳統中燦然走出，汲取古典詩的精華，作為自身的滋養，羊令野深得箇中三昧，是故他詩的世界是隱祕的，也是開放的，是細緻的，也是遼闊的，他圍繞著那不絕如縷的音樂性而與時間一起飛翔」。羊令野常喜引用禪師石樹和尚的名句：「面壁竟無語，拈花或有言」，或許這正是他浸淫詩學，追求人生明覺境界之最佳寫照。

著有詩集《貝葉》（一九六八年）、《羊令野自選集》（一九七九年）兩種，及散文集《面壁賦》、《回首叫雲飛起》等。羊令野的詩十之三、四有後記，〈五衣詞〉的後記說此詩是為親恩難報而寫，其實將此詩當作令公一生之寫照，不是也很恰當嗎？

林亨泰（一九二四——）

秋

雞，
縮著一腳在思索著。
而又紅透了雞冠。
所以，
秋已深了……

國畫

在故事的草叢裡
古人們的蛋
孵化了

大霧中
（葡萄酒味極濃）
山河也都醉

留著鬍子
握著手杖的
仍然嚼著泡泡糖……

風景（二）

防風林　的
外邊　還有
防風林　的
外邊　還有
防風林　的
外邊　還有

然而海　以及波的羅列
然而海　以及波的羅列

鑑評

林亨泰，台灣彰化縣人，一九二四年十二月十一日生，台灣師範大學教育學系畢業，曾任北斗中學、彰化高工等中學教師二十五年。退休後在中部各大學教授日文，當然是「跨越語言的一代」。

「跨越語言的一代」一語，最先即由林亨泰提出，時為一九六七年四月，日本詩人高橋喜久晴來台訪問，林亨泰以「跨越語言的一代」指稱由日文改變為中文寫作的台籍詩人，九月，高橋喜久晴在日本《詩學》雜誌上發表〈台灣的現代詩〉即以此為副題，從此為台灣詩壇所習知、引用。不過，後來林亨泰又豐富了此語的內涵，他說：「相較於這種文字表現上的痛苦，更加無法抹滅的是，在這段漫長的歲月裡，我們跨越了戰前由日本軍閥所帶來的非生即死的生命賭注，猶如困獸一般體驗戰爭生涯的慘綠年少時代，以及戰後的二二八事件以來歷經四十年白色恐怖的憂鬱青壯時期。我要談的是，『跨越語言的一代』，尚且更是橫渡了『世界大戰』與『白色恐怖』這兩個大事件的一代。」（見《找尋現代詩的原點》自序，一九九四年六月，彰化縣立文化中心出版）。

一九四七年，林亨泰加入「銀鈴會」，滿懷社會改革的理念。一九五六年參與紀弦所主導的「現代派運動」，扮演重要角色，提出「主知的優位性」、「方法論的重要性」等主張，對於當時詩壇起了決定性影響。一九六四年籌組「笠詩社」，擔任首任主編，致力於「時代性」與「本土化」，認為「現代」與「鄉土」並不衝突，「現代」的成果必定落實於「鄉土」之上。此後曾榮獲「創世紀創刊三十週年詩論評獎」、榮後文化基金會「榮後台灣詩獎」、自立報系「台灣新文學貢獻獎」等。

著有日文詩集《靈魂的產生》，中文詩集《長的咽喉》、《林亨泰詩集》、《爪痕集》、《跨不過的歷史》，評論集《現代詩的基本精神》、《見者之言》、《找尋現代詩的原點》等。

呂興昌曾出版《林亨泰研究資料彙編》二冊（彰化縣立文化中心發行），可以作為了解林亨泰的重要參考。

林亨泰早期作品極富實驗精神，評論者所論大抵引述其早期詩篇，如〈風景〉之二，江萌（熊秉明）曾以長論細評，是現代詩評論之佳構（參看《林亨泰研究資料彙編》上冊）。張漢良則以為此詩藉詩行或意象語之重複或平行排行，造成無限的空間疊景。然而，林亨泰自己的看法則是：「我寧願盡力去探求還沒有被那些『懂得價值的人』的足跡所踐踏過的地方，縱然那是有著猙獰的容貌而不能稱為風景，或者不過是醜陋的一角而不足以稱為風景，可是，我以為只有在這裡才體會得到人類居住的環境底真正的嚴肅性。」林亨泰之詩觀大約如是。

〈國畫〉則嘲笑「留著鬍子、握著手杖的」人仍迷醉於古人畫境，其見識幼稚而重複，如「嚼著泡泡糖」。

〈秋〉詩，令人想起王維的五言絕句或者威廉斯的〈紅色手推車〉，不介入詩人的批判，純任事物呈現，小小的畫面，呈現秋意的寧靜與清瑟。其中「所以」一詞之推論，是「非邏輯」的跳躍，是林亨泰將語言洗淨為形銷骨立的例證。

方　思（一九二五——）

豎琴與長笛

一

一圈圈波浪，漣漪盪漾
一圈圈波浪由擊破水心而來
仙女投蓮花於海上，一朵又一朵
花開花落而結實，是樹，即成蔭，成一片林
是磚，細緻結實的磚，即成屋宇，廟，殿堂
即成別莊：是柔美的少女在彈琴
長長的琴，長長的髮，長長的迴音
長長的波浪，一層層來，去，又來
溫煦的笑姿，像十二月初的充滿情誼的夜

來罷，來到我身傍，依山偎海
來罷，我是山，我是海，我是你要的一切
我依偎著你，你就回到古昔的夢

這是一個關住的夢，關在心的深處，不讓外人知悉
關在古昔的巖石間，傳自久遠，永恆長住
關在波浪，聲音，淺笑，長髮，情誼之間
笑貌，語音，帶著海浪拍岸的聲息，都在迴響
迴響，迴響，成長為輪廓分明的突出的巖石
我發現我在一座島上，以迴響為範圍
　　　　　　　　　　我欲久居
看似巖石般冷峻的但熱情在內心似火山的熔漿的
古典的美，人情的世界，這是永恆的故鄉

來罷，來到我身傍，依山偎海
——來，我來到你身傍，你是山，你是海……

依偎著你，我知道這不是夢，這是現在

二

意象一層層浮現，隱退
在記憶中積成寶塔，九曲橋，迴廊

記憶又成沙灘
海一遍遍的撫摩，以柔美的手
纖巧的足跡在表面顯現了
又不再看見

聲音像落葉，安臥在林間空地
為午寐的愛情，又為愛情的暖床
秋季，豐於色澤的富於風姿的日子
輕輕地纖巧地將紅葉挑起
像微波地飛揚，又安穩地落下
騎著小羊，頑皮的童子踊躍而來

踊躍，將心似一片紅葉揚起
像捲在風裡飄去異方
安穩地落下，揚起，又落下
落下，在響著手鈴四射火焰的舞蹈之國
牽著羊，戴著花，咬著蘋果的女郎
落下，在廣澤和平的境土
趕一群羊，或偃臥，或佇立，或以角觝，或嚙嫩草
享受法治下的一片寧謐，奏一曲牧歌
落下，在一個地域，藤蔓繞樹，樹莽遍山
在午寐，在神遊，在作戀曲，此界之神
逸失一頭小羊，輕捷的機靈的小羊

纖巧的四蹄在心上踊躍
載在小羊之上，愛情自午寐醒來

三

從島上逸出，升騰翺翔
而又回歸島上
範圍於迴響的壁壘的
而又吸納所有的迴響於一己之內

於是鳥與鳥對唱
如音響與迴聲
如光與千變萬幻的色彩
如影與自身
如仰慕的心與不朽的希望
於是聽到翅翼的振撲，雙鴿落下

愉快幸福的婚姻！

希臘的榮耀哪
羅馬的偉壯：

向一位美人宣稱

浴於音樂的波浪的
躍於小羊的四蹄的
　關在古昔的夢的，浸沉於內心的熔漿
　永恆如冷峻的巖石，這一切就是現在

四

十二月的充滿情誼的夜
來罷，來到我身傍，依山偎海
來罷，我是山，我是海，我是你要的一切
我依偎著你，你就回到古昔的夢

一圈圈波浪，漣漪盪漾，一朵又一朵花
花開花落而結實，是樹，即成蔭，成一片林
是磚，細緻結實的磚，即成屋宇，廟，殿堂
是別莊：柔美的少女在彈琴，長長的琴
長長的波浪，一層層來，去，又來

笑貌，語音，長髮，情誼，都在迴響
帶著海浪拍岸的聲息，迴響，迴響
成長為輪廓分明的突出的巖石
我發現我在一座島上，以迴響為範圍
　　　　　　　　　　　　　　　　　　　我欲久居

來罷，來到我身傍，依山偎海——來
我來到你身傍，你是山，你是海……
依偎著你，我知道這不是夢：啊，這是現在

五

記憶是最豐富的時間，惟一真實
現在亦包含於記憶

記憶又成沙灘
海一遍遍撫摩，以柔美的手

一層層浮現，隱退
啊，精神如何顯出形象
我想知道

我不要畫圖，我隨波浪浮去
我依偎著你，默默對著影子
來罷，你是山，你是海……
聲音像落葉，安臥在林間空地
為午寐的愛情，又為愛情的暖床
秋季，豐於色澤的富於風姿的日子
從影子可見其人
我卻願你告訴我你究竟是誰
你必自知其身姿：我是那鷹追趕
希望：像捲在風裡飄去異方
安穩地落下，揚起，又落下
將心似一片紅葉揚起，小羊踊躍
輕輕地，纖巧地，逸走一頭小羊

愛情自午寐醒來：　今夜是一個動人的夜

六

從島上逸出，升騰翱翔
而又回歸島上
植根於泥土的，到泥土必須回歸
永恆的故鄉，我欲久居

以迴響為範圍，而又吸納所有的
迴響於一己之內
於是鳥與鳥對唱
如音響與迴聲，光與色彩
如影與自身，鷹與不朽的希望
於是振撲著雙翅，永恆向上
企求：
　　愉快幸福的婚姻！

希臘的榮耀哪
羅馬的偉壯：
向一位美人宣稱
那光輝的美麗現正反射於你的眼睛
浴於音響的波浪的，躍於小羊的四蹄的
看似巖石般冷峻的，熱情似火山的熔漿的
古典的美，人情的世界——
關在古昔的夢，啊
這一切就是現在

島上
島上
島上
我欲久居。

七

說鳳陽，道鳳陽

鳳陽本是好地方

童年的笑聲帶來親切
成長了的記憶含著淚花

聽我唱個鳳陽歌
身背著花鼓走四方

植根於泥土的，到泥土必須回歸
這一角，永恆的中國

笛韻吹遍天涯
潮水湧自西方
童年的小手招喚我們
唱一個，說鳳陽，道鳳陽

世界似破碎了的心
多疑，恐懼，不安的

切需一個美滿的婚姻
　　愉快的，幸福的
身背著花鼓走四方

八

像渴望禁閉在豐滿的肉體裡
關自己於一個古昔的夢
細緻的結實的磚砌的別莊
冷峻的巖石為壁壘的
而又吸納所有的迴響於一己之內
一個成熟的世界
在動的波浪裡保持其靜的
在古典的冷峻內蘊藏其情熱的
啊，像渴望禁閉在豐滿的肉體裡
鎖一整個的世界於古老的音樂匣內

意象一層層浮現，隱退
在記憶中積成寶塔，九曲橋，迴廊
記憶又成沙灘，一遍遍海以柔美的手
撫摩，長長的髮，長長的波浪，長長的
迴音，纖巧的足跡顯現，而又不再看見
　　世界似破碎了的心
　　多疑，恐懼，不安的
　　切需一個美滿的婚姻
　　愉快的，幸福的

　　島上
島上
　　我欲久居。

古老的音樂匣：像浪花碎開，漸漸隱退
記憶是最豐富的時間，惟一真實
現在亦包含於記憶
植根於泥土的，到泥土必須回歸……

我欲逸出翺翔，向召喚我吸引我的大誘惑
你是子宮，黑色的神祕，生命之源
你是光，一片閃爍如海，宇宙之中心
在陸地你是樹，你是花，你是果實……
在心中，你是信仰，你是愛，你是專一……

精神如何顯出形象
我想知道
我不要畫圖，我隨波浪浮去
我依偎著你，默默對著影子
來罷，你是山，你是海……
聲音像落葉，安臥在林間空地
為午寐的愛情，又為愛情的暖床
秋季，豐於色澤的富於風姿的日子
從影子可見其人
我卻願你告訴我你究竟是誰

　　　　　　世界似破碎了的心
　　　　　　切需一個美滿的婚姻

你究竟是誰？　你究竟是誰？
你是光，一片閃爍如海，在陸地你是樹，你是果實……
在心中，你是信仰，你是愛，你是專一……
以童年的親切的笑與成長了的記憶的淚
接待一個成熟的世界
　　　　自子宮降生，經過重重母體的苦難
　　　　像一首詩，像一個人格，像永恆的中國

植根於泥土的，到泥土必須回歸
以迴響為範圍，而又吸納所有的
迴響於一己之內
　　　希臘的榮耀啊
　　　羅馬的偉壯：
　　　　　向一位美人宣稱
那光輝的美麗現正反射於你的眼睛

島上

島上

我欲久居。

愛情自午寐醒來：　今夜是一個動人的夜

鑑評

方思，本名黃時樞，湖南長沙人，一九二五年生，一九四九年來台，旋赴歐洲留學，主攻社會學，曾任職淡江大學、國立中央圖書館，一九五八年赴美定居。著有詩集《時間》、《夜》、《豎琴與長笛》、《方思詩集》等。

一九五六年元月，紀弦在台北創組「現代派」，方思為主要成員之一。該派六大信條之四「主知之強調」，咸認方思才是真正「主知精神的詩人」。由於他翻譯過德國詩人里爾克的《時間之書》，受其影響是極自然的事，而里爾克對於時間的觀念，那種「瞬間即永恆」的哲思，似乎已成為方思處女詩集《時間》最重要的主題。詩人面對書海所展示的深邃的星空，透過冷肅寧靜的思考，於物象的感悟中，更加體悟生命和宇宙的哲思。是故他曾感喟：「我仰望穹蒼，我心掩映在閃爍的黑色裡」（〈夜〉），「十年，在冰凍的世界內，我睡著」（〈春醒〉），方思的詩頗有一種深厚沉潛的力量，為抒情的小我世界開啟更廣闊的心靈空間，教你不由得信服他那精緻無比的靈魂。

方思一直堅持「所有真正的詩都是抒情的」。不論從小我的戀情到普泛人類的大我之愛，作者常常探索由此及彼，由具象到抽象，將感性與理性、個性與共性、有限與無限融會貫通，形成一種相當獨特的既真切又空靈的境界。

〈豎琴與長笛〉是方思具體而精湛地展示知性與抒情十分契合的力作。全詩概分八節，二〇八行，作者借助一股幽玄親摯的愛情，繁富而熱熾地表現出作者對生命、宇宙、現實、歷史的體悟觀察與讚嘆，通過一組組栩栩如生的形象，一簇簇抑揚有致的節奏，一片片落葉繽紛的字語，很自然地把時間與空間、個別與群體、故土與異域、心靈與物象，像建構立體主義的繪畫一樣，統合而均衡地完成一座龐大宏偉的詩的建築。全詩所展示的「節奏、語言、形式、結構」諸種和諧之美，迄今尚無人出其右者。瘂弦曾在《六十年代詩選》中稱譽本詩「所建立的嚴密的秩序與一個渾然完美的世界，的確不是沒有受過訓練的心靈所能掌握的」。今天來看依然十分確當。最後請聽他的——

一圈圈波浪，漣漪盪漾
一圈圈波浪由擊破水心而來（開頭）

島上，島上，我欲久居
愛情自午寐醒來：今夜是一個動人的夜囁（結語）

一首好的現代詩，它所醞釀的強韌的精緻的迴旋不息的音樂的魅力，怎能不在吾人小小的心田裡恆久盪漾。

夏　菁（一九二五——）

獵鹿的過程

一

用稚氣的手勢
捕捉一種美麗
到森林、到水邊
卻受驚於一個倒影
一隻野兔的躍起

二

嚇倒在草中
跌失了彈弓

但勇於奮起
直奔、直奔
奔向一個疾馳的影子

三

再躍起時
放棄明顯的矛
脆薄的盾
在荒原、在海上
度過刺蝟、沉默的日子

四

不時地驚醒
那個停停行行的影子
跌不進自己設下的陷阱

五

還是坐
下來
用眼去捕捉
雷射的速刻
心的雕版

六

或用冥想
在自己的谷底
一群群地駛過

七

豈是三位一體？
鹿、影子、自己
永遠獵不到的一頭

鑑評

夏菁，本名盛志澄，浙江嘉興人，一九二五年十月十六日生，浙江大學畢業，美國科羅拉多州立大學科學碩士，一九四九年來台，為台灣農業復興委員會土壤保持研究專家。一九六八年應聘去非洲牙買加支援農業建設，現旅居美國，仍事寫作。著有詩集《靜靜的林間》、《噴水池》、《石柱集》、《少年遊》、《山》，散文集《悠悠南山》、《落磯山下》等。

夏菁崛起於五〇年代，最初曾在紀弦、覃子豪、李莎等人主編的《新詩周刊》上發表詩作，一九五四年參加「藍星詩社」，以後成為該社骨幹人物之一。曾主編《藍星》詩頁及《文學雜誌》的新詩。他的早期詩作，呈現一種平淡、婉約和典雅的風格，被視為具有新古典傾向的詩人。當「現代派」運動在台灣甚囂塵上，夏菁卻有些緬懷其昨日的夕陽來了，並非他停滯不前，只是在行進的隊伍中不時作審慎的回顧而已。對於傳統，他主張批判的接受，揚棄雜質，保存優良的穀粒，對於簇新的事物，他抱持實驗及懷疑的態度。夏菁後期詩作，有一種淡淡的異國情調，用字經濟，態度從容，表達精緻，展現出一種出奇的自省、恬淡和練達。質言之，他的詩內容重於文字的裝飾，本質大於技巧的揮灑。

〈獵鹿的過程〉是作者比較後期的詩作，成於一九八七年，這是一首頗見機心的詠物詩，說它是一齣有情有景小小的短劇，亦無不可。全詩分七個章節（段落）進行，既有個人稚氣的動作，也有牠的直奔狂馳的影子，更有自己設下的美麗的陷阱，最後三節是全詩最引人注目的焦點：「鹿、影子、自己，永遠獵不到的一頭」，看來這一場人與獸智慧的挑戰與搏鬥，是否會落空？作者是否藉獵鹿過程的驚心動魄，諷刺當今瞬息萬變、爾虞我詐的社會，值得省思。

蓉　子（一九二八——）

我的妝鏡是一隻弓背的貓

我的妝鏡是一隻弓背的貓
不住地變換它底眼瞳
致令我的形像變異如水流

一隻弓背的貓　一隻無語的貓
一隻寂寞的貓　我底妝鏡
睜圓驚異的眼是一鏡不醒的夢
波動在其間的是
時間？　是光輝？　是憂愁？

我的妝鏡是一隻命運的貓

如限制的臉容　鎖我的豐美於
它底單調　我的靜淑
於它底粗糙　步態遂倦慵了
慵困如長夏！

捨棄它有韻律的步履　在此困居
我的妝鏡是一隻蹲踞的貓
我的貓是一迷離的夢　無光　無影
也從未正確的反映我形像

傘

鳥翅初撲
幅幅相連　以蝙蝠弧形的雙翼
連成一個無懈可擊的圓

一把綠色小傘是一頂荷蓋
紅色朝暾　黑色晚雲
各種顏色的傘是載花的樹
而且能夠行走

一柄頂天
頂著豔陽　頂著雨
頂著單純兒歌的透明音符
自在自適的小小世界

一傘在握　開闔自如
闔則為竿為杖　開則為花為亭
亭中藏一個寧靜的我

鑑評

蓉子，本名王蓉芷，一九二八年五月四日出生，江蘇漣水人。小學及初中都在教會學校完成，高中則畢業於金陵女大附屬中學，曾入農學院攻讀一年，一九四九年二月來台。成長於基督教家庭，從小受到音樂與基督教會讚美詩之影響，蓉子的詩具備了仁者的溫柔心懷與音樂之美，其來有自。

一九四九年國民黨政府遷台之後，蓉子是台灣新詩壇第一位女詩人，其《青鳥集》（一九五三年十一月）也是台灣第一本女詩人專集，此後，蓉子出版了《七月的南方》、《蓉子詩抄》、《童話城》、《維納麗沙組曲》、《橫笛與豎琴的晌午》、《天堂鳥》、《雪是我的童年》、《這一站不到神話》等詩集。並曾榮獲英國赫爾國際學院榮譽人文碩士，世界藝術文化學院榮譽文學博士。大陸海南大學教授周偉民、唐玲玲夫婦曾為羅門、蓉子夫婦的創作世界，著成專書評介，名曰：《日月的雙軌》（一九九一年．台北文史哲出版社）；蕭蕭則蒐集有關蓉子的評論，都為一集，名曰：《永遠的青鳥》（一九九五年，文史哲出版社），足資參證。

《七十年代詩選》評論說：「蓉子大部分的作品給予我們的感受是整體的躍動——一種女性特有的情緒美，一種均衡與和諧的心象狀態的展露。」

張漢良評介蓉子：「她的詩表現出一種寧靜的秩序與斯多噶式（Stoic）的收歛。」

鍾玲則以為蓉子的詩有多面化的特色，最突出的成就是：

一、她的詩塑造了中國現代婦女的新形象，

二、她表現了充滿生命力的大自然及豐盈的人生觀。

〈傘〉這首詩可以完整表現蓉子詩的創作方法，一開始是物的外觀描述，傘之各個相對的葉片如鳥翅初撲，又似蝙蝠弧形之雙翼（觀察極為仔細），而後始連成一個無懈可擊的圖。第二節是恰切的意象聯結，「各種顏色的傘是戴花的樹」，綠色的是荷蓋，紅色的是朝暾，黑色的是晚雲。第三節是抽象的譬喻，傘是愉悅的自在自適的小小世界。第四節則為自我與物的融洽諧和，傘下一個寧靜的我。——蓉子的詩大抵以這樣的創作技巧完成。

〈我的妝鏡是一隻弓背的貓〉也可做如是觀，不過，此詩還有時間的疑惑流淌其中，它底單調可以鎖住我的豐美嗎？它底粗糙能桎梏我的靜淑嗎？時間是迷離的，鏡中的我的形象變異如水流了！

蓉子改變了詩壇對女詩人的刻板印象，柔媚、閨怨、抒情、感性，蓉子自此跳脫而出，保留了《詩經》的溫柔敦厚，擴充了詩人的視域，幸福以青鳥為喻，妝鏡可以是一隻弓背的貓，使女詩人在現代詩肇建之初，就可以跟男詩人並駕齊驅，令人刮目相看。自此之後，林泠、敻虹、朵思、羅英、馮青、夏宇，無一不以奇思異想啟創新的世代，而蓉子歷經各個不同的世代，與時推移，一九九五年出版的《千曲之聲》（文史哲出版社）正是一本完善的蓉子詩作精選集。

洛　夫（一九二八——）

子夜讀信

子夜的燈
是一條未穿衣裳的
小河
你的信像一尾魚游來
讀水的溫暖
讀你額上動人的鱗片
讀江河如讀一面鏡
讀鏡中你的笑
如讀泡沫

雨中過辛亥隧道

入
洞
出洞
這頭曾是切膚的寒風
那頭又遇澈骨的冷雨
而中間梗塞著
一小截尷尬的黑暗
辛亥那年
一排子彈穿胸而過的黑暗
轟轟
烈烈
車行五十秒
埋葬五十秒
我們未死

而先埋
又以光年的速度復活

入洞，出洞
我們是一群魚嬰被逼出
時間的子宮
終站不是龍門
便是鼎鑊
我們是千堆浪濤中
一海一湖一瓢一掬中的一小滴
隨波　逐
一種叫不出名字的流
浮亦無奈
沉亦無奈
倘若這是江南的運河該多好
可以從兩岸
聽到淘米洗衣刷馬桶的水聲

而我們卻倉皇如風
竟不能
在此停船暫相問，因為
因為這是隧道
通往辛亥那一年的隧道
玻璃窗外，冷風如割
如革命黨人懷中鋒芒猶在的利刃
那一年
酒酣之後
留下一封絕命書之後
他們揚著臉走進歷史
就再也沒有出來
那一年
海棠從厚厚的覆雪中
掙扎出一匹帶血的新葉

車過辛亥隧道

轟轟
烈烈
埋葬五十秒
也算是一種死法
烈士們先埋
而未死
也算是一種活法
入洞
僅僅五十秒
我們已穿過一小截黑色的永恆
留在身後的是
血水滲透最後一頁戰史的
滴嗒
出洞是六張犁的
切膚而又澈骨的風雨
而且左邊是市立殯儀館
右邊是亂葬崗

再過去
就是清明節

金龍禪寺

晚鐘
是遊客下山的小路
羊齒植物
沿著白色的石階
一路嚼了下去

如果此處降雪

而只見
一隻驚起的灰蟬
把山中的燈火

一盞盞地
點燃

午夜削梨
——漢城詩鈔之七

冷而且渴
我靜靜地望著
午夜的茶几上
一隻韓國梨

那確是一隻
觸手冰涼的
閃著黃銅膚色的
梨
一刀剖開

它胸中
竟然藏有
一口好深好深的井

戰慄著
拇指與食指輕輕捻起
一小片梨肉

白色無罪

刀子跌落
我彎下身子去找
啊！滿地都是
我那黃銅色的皮膚

邊界望鄉

說著說著
我們就到了落馬洲

霧正升起，我們在茫然中勒馬四顧
手掌開始生汗
望遠鏡中擴大數十倍的鄉愁
亂如風中的散髮
當距離調整到令人心跳的程度
一座遠山迎面飛來
把我撞成了
嚴重的內傷

病了病了

病得像山坡上那叢凋殘的杜鵑
只剩下唯一的一朵
蹲在那塊「禁止越界」的告示牌後面
咯血。而這時
一隻白鷺從水田中驚起
飛越深圳
又猛然折了回來

而這時，鷓鴣以火發音
那冒煙的啼聲
一句句
穿透異地三月的春寒
我被燒得雙目盡赤，血脈賁張
你卻豎起外衣的領子，回頭問我
冷，還是
不冷？

驚蟄之後是春分
清明時節該不遠了
我居然也聽懂了廣東的鄉音
當雨水把莽莽大地
譯成青色的語言
喏！你說，福田村再過去就是水圍
故國的泥土，伸手可及
但我抓回來的仍是一掌冷霧

後記：民國六十八年三月中旬應邀訪港，十六日上午余光中兄親自開車陪我參觀落馬洲之邊界，當時輕霧氤氳，望遠鏡中的故國山河隱約可見，而耳邊正響起數十年未聞的鷓鴣啼叫，聲聲扣人心弦，所謂「近鄉情怯」，大概就是我當時的心境吧。

・民國六十八年六月三日

鑑評

洛夫，本名莫洛夫，一九二八年五月十一日生，湖南衡陽人，淡江大學外文系畢業，「創世紀」詩社創辦人之一。

一九四六年就讀中學時即已開始新詩習作，一九五二年發表來台後第一首詩〈火焰之歌〉於《寶島文藝》，著有詩集：《靈河》（一九五七年）、《石室之死亡》、《外外集》、《無岸之河》、《魔歌》、《洛夫自選集》、《眾荷喧嘩》、《時間之傷》、《釀酒的石頭》、《因為風的緣故》、《月光房子》、《天使的涅槃》、《隱題詩》、《夢的圖解》、《雪落無聲》、《漂木》、《如此歲月》等。詩論集五部：《詩人之鏡》、《洛夫詩論選集》、《詩的探險》、《孤寂中的回響》、《詩的邊緣》等。

洛夫在《魔歌》詩集的〈序〉中說：

「『真我』，也許就是一個詩人終生孜孜矻矻，在意象的經營中，在跟語言的搏鬥中唯一追求的目標。在此一探索過程中，語言既是詩人的敵人，也是詩人憑藉的武器，因為詩人最大的企圖是要將語言降服，而使其化為一切事物和人類經驗的本身。要想達到此一企圖，詩人必須把自身割成碎片，而後揉入一切事物之中，使個人的生命與天地的生命融為一體。作為一個詩人，我必須意識到：太陽的溫熱也就是我血液的溫熱，冰雪的寒冷也就是我肌膚的寒冷。我隨雲絮而遨遊八荒，海洋因我的激動而咆哮。我一揮手，群山奔走；我一歌唱，一株果樹在風中受孕。葉落花墜，我的肢體也隨之碎裂成片。我可以看到『山鳥通過一幅畫而溶入自然本身』，我可以聽到樹中年輪旋轉的聲音。」

洛夫的詩自有其生命哲學與生命美學，古中國詩人的天人合一思想，在洛夫的詩想中仍然存在，而且積極履踐，但洛夫在生活速度超越古代千萬倍的當代生活現實中，繁複聲色超越古代千萬倍的二十世紀脈動裡，他選擇太陽的溫熱與冰雪的寒冷去對血液的溫熱與肌膚的寒冷，要將個人的生命與天地的生命融為一體，洛夫的詩一向不惜以「絕對」的「相對」去撞擊，掌握此一特質，很快就可以進入洛夫詩中迷人而多彩的天地。

簡政珍說：「以意象的經營來說，洛夫是中國白話文學史上最有成就的詩人。」洛夫的意象往往出人意料之外，在不可能的懸崖邊緣窺探詩的不無可能，出奇制勝，隨意揮灑，出入時空千年萬里而依然自在自如。洛夫的詩多年來成為眾所爭睹與眾所爭議的對象，不外乎因為這種逼人的意象往往憑空而來，令人措手不及，目眩神迷者有之，目瞪口呆者亦有之，爭論因而竄起。

台灣現代詩壇只要說到「超現實主義」五個字，一定跟「洛夫」二字畫上等號，其實，洛夫之詩，技巧採用超現實主義的某些手段，題材卻是現實中俯拾而得的生活寫照，選入本書的五首詩，哪一首不是生活中的資材？子夜重讀故交之信，雨中過辛亥隧道，黃昏上內湖金龍禪寺，漢城削梨，香港落馬洲望鄉，洛夫不也是現實主義的詩人嗎？不同的是，要發覺洛夫的真正意涵，不能不從文化、歷史的角度去確立，這五首詩都一樣是以個人的生命去碰觸文化與歷史的傷口，從而尋找人性的尊嚴，一個詩人是否偉大要看他在詩中是否盡其可能提升人性的尊嚴，生命的情境啊！

向　明（一九二八——）

午夜聽蛙

非吳牛
非蜀犬
非悶雷
非撞針與子彈交媾之響亮
非酒後怦然心動之震驚
非荊聲
非楚語
非秦腔
非火花短命的無聲噗哧
非瀑布冗長的串串不服
非梵唱

非琴音
非魔歌
非過客馬蹄之達達
非舞者音步之恰恰
非嬰啼、亦
非鶯啼
非呢喃、亦
非喃喃
非捏碎手中一束憒懣的過癮
非搗毀心中一尊偶像的清醒
非燕語
非宣言
非擊壤
非街頭示威者口中泡沫的飛灰煙滅
非番茄加雞蛋加窗玻璃的嚴重失血
非鬼哭
非神號

非花叫
非鳳鳴
非……
非非……
非非非……
非惟夜之如此燠熱
非得有如此的
不知所云

巍峨

我吞砂石
我嚼水泥
我大桶大桶的喝水
我是那巨口大腹的
攪拌機

吃一切硬的
　粗糙的
　　未曾消毒的
在不停的忙碌中
在不停的歌唱中

你們看見麼？
我嘔心瀝血的
就是那一大片蒼茫空白處
拔地而起
堂皇硬朗的一種
占領
它的名字叫作
巍峨

湘繡被面

——寄細毛妹

四隻蹁躚的紫燕
兩叢吐蕊的花枝
就這樣淡淡的幾筆
便把妳要對大哥說的話
密密繡在這塊薄薄的綢幅上了

好耐讀的一封家書呀
不著一字
摺起來不過盈尺
一接就把一顆浮起的心沉了下去
一接就把四十年睽違的歲月捧住

遲疑久久，要不把封紙拆開
一拆
就怕滴血的心跳了出來
最是展開觀看的剎那
一床寬大亮麗的綢質被面
一展就開放成一條花鳥夾道的路
彷彿一走上去就可回家

能這樣很快回家就好
海隅雖美，終究是失土的浮根
久已呆滯的雙目
真須放縱在家鄉無垠的長空
只是，這綢幅上起伏的摺紋
不正是世途的多舛
路的盡頭仍然是海
海的面目，也仍
猙獰

後記：日前細毛二妹自湖南老家輾轉託人帶來親繡被面一幅，未附隻字說明，因有感而草作此詩寄之。

·一九八七年八月十八日

鑑評

向明，本名董平，湖南長沙人，一九二八年六月四日生，空軍通校畢業，曾赴美研習電子。從事現代詩創作四十餘年，為藍星詩社重要成員之一，曾任《藍星》詩刊主編、《中華日報》副刊編輯、《台灣詩學》季刊社長、年度詩選編委、新詩學會理事。著有詩集《雨天書》（一九五九年）、《狼煙》、《五弦琴》、《青春的臉》、《向明自選集》、《水的回想》、《隨身的糾纏》、《碎葉聲聲》、《陽光顆粒》、《早起的頭髮》等；詩話集《客子光陰詩卷裡》；譯詩集《來自迦南地的聲音——以色列女詩人阿達·阿哈羅麗詩選集》；童詩集《螢火蟲》。曾獲文協文藝獎章，中山文藝獎，國家文藝獎新詩獎。世界藝術文化學院授以「榮譽文學博士」學位。

向明素有詩壇儒者之稱，創作態度極為嚴謹，慣於以深入淺出的手法串詩，生活是他隨手摭拾的詩材，是一位進而介入現實，出而批評人生，兼顧文學與社會使命的詩人。對詩語言的提煉，意象的掌握，結構的經營，已達超俗的境地。詩人多半老而材盡，向明老來卻後勁愈甚，苦盡甘來，大器晚成，「他手裡的那枝健筆，揮的是反時鐘的方向，不是向冥，是向明。」余光中在一篇簡評中這樣評述：「他寫詩，每一出手總是言之有物，在生命的意義上有所探索，在嚴肅的問題上有所堅持；至於語言，則夠用就好，而且用在刀口上，無意逞才而大肆鋪張。」（見《隨身的糾纏》附錄）

〈巍峨〉這首詩的基本寫法是由實而虛。第一節的前八句基本上是實寫，用第一人的比擬來寫「攪拌機」。到第一節的末二句，開始由實轉虛「在不停的忙碌中／在不停的歌唱中」，賦予攪拌機以人的品格。第二節詩完全轉入虛寫，表面看，「我」仍是「攪拌機」，正以攪拌機的身分發問，但這一問一答之間，已經超出了「巍峨」這一表面形象，而有了更深的意義。因此這首詩所描述的雖是「巍峨」的誕生，卻並不是對業已存在的「巍峨」加以描述與讚頌。詩人以剛勁瘦硬的語言「拔地而起」所作出的占領宣言，其實正是人類精神世界，欲向不朽之存在，崇高之美精進的一種企盼。

〈午夜聽蛙〉一詩共三十七行，卻以三十六個「非」字起頭，作相似複沓的連串否定辯證。在意象取用上，以一般人罕用的傳說和典故，自然和人世的各種現象；並用分類排比、長短分隔的修辭方法，使此詩構成一渾然天成，內容豐富的有機體。此詩的用意旨在運用天地間的萬籟，來反襯蛙鳴之不附和流俗，獨自成音，不吐不快。如果心境即詩境之說成立，此詩足以傳達出作者於此時此地噪音盈耳，自覺不合時宜的心聲。

〈湘繡被面〉一詩發表於一九八七年八月十八日《聯合報》副刊，當時台海兩岸尚未開放，親人之間尚無法謀面，託物寄情，一時激發之情緒描寫。此一類型的詩稍早出現的尚有洛夫所寫膾炙人口的「寄鞋」。本詩則係利用移情的手法，將本來不具生命的一塊繡花被面，交織很多活生生的人生悲歡，使它人性化起來，將原本的抽象意念，經過意象的轉化，場景的變化，變成深邃的抒情。既具現實感，復可作歷史旁證，為寫鄉愁詩中之佳篇。

余光中（一九二八——）

鄉愁四韻

給我一瓢長江水啊長江水
　酒一樣的長江水
　醉酒的滋味
　是鄉愁的滋味
給我一瓢長江水啊長江水

給我一張海棠紅啊海棠紅
　血一樣的海棠紅
　沸血的燒痛
　是鄉愁的燒痛
給我一張海棠紅啊海棠紅

給我一片雪花白啊雪花白
信一樣的雪花白
家信的等待
是鄉愁的等待
給我一片雪花白啊雪花白

給我一朵臘梅香啊臘梅香
母親一樣的臘梅香
母親的芬芳
是鄉土的芬芳
給我一朵臘梅香啊臘梅香

雙人床

讓戰爭在雙人床外進行

躺在你長長的斜坡上
聽流彈，像一把呼嘯的螢火
在你的，我的頭頂竄過
竄過我的鬍鬚和你的頭髮
讓政變和革命在四周吶喊
至少愛情在我們的一邊
至少破曉前我們很安全
當一切都不再可靠
靠在你彈性的斜坡上
今夜，即使會山崩或地震
最多跌進你低低的盆地
讓旗和銅號在高原上舉起
至少有六尺的韻律是我們
至少日出前你完全是我的
仍滑膩，仍柔軟，仍可以燙熟
一種純粹而精細的瘋狂
讓夜和死亡在黑的邊境

發動永恆第一千次圍城
惟我們循螺紋急降，天國在下
捲入你四肢美麗的漩渦

白玉苦瓜

——故宮博物院所藏

似醒似睡，緩緩的柔光裡
似悠悠醒自千年的大寐
一隻苦瓜從從容容在成熟
一隻苦瓜，不再是澀苦
日磨月磋琢出深孕的清瑩
看莖鬚繚繞，葉掌撫抱
哪一年的豐收像一口要吸盡
古中國餵了又餵的乳漿
完美的圓膩啊酣然而飽

那觸覺，不斷向外膨脹
充實每一粒酪白的葡萄
直到瓜尖，仍翹著當日的新鮮

茫茫九州只縮成一張輿圖
小時候不知道將它疊起
一任攤開那無窮無盡
碩大似記憶母親，她的胸脯
你便向那片肥沃匍匐
用蒂用根索她的恩液
苦心的悲慈苦苦哺出
不幸呢還是大幸這嬰孩
鍾整個大陸的愛在一隻苦瓜
皮靴踩過，馬蹄踩過
重噸戰車的履帶踩過
一絲傷痕也不曾留下

只留下隔玻璃這奇蹟難信
猶帶著后土依依的祝福
在時光以外奇異的光中
熟著，一個自足的宇宙
飽滿而不虞腐爛，一隻仙果
不產在仙山，產在人間
久朽了，你的前身，唉，久朽
為你換胎的那手，那巧腕
千眄萬睞巧將你引渡
笑對靈魂在白玉裡流轉
一首歌，詠生命曾經是瓜而苦
被永恆引渡，成果而甘

控訴一枝煙囪

用那樣蠻不講理的姿態

翹向南部明媚的青空
一口又一口，肆無忌憚
對著原是純潔的風景
像一個流氓對著女童
噴吐你滿肚子不堪的髒話
你破壞朝霞和晚雲的名譽
把太陽擋在毛玻璃的外邊
有時，還裝出戒煙的樣子
卻躲在，哼，夜色的暗處
向我惡夢的窗口，偷偷地吞吐
你聽吧，麻雀都被迫搬了家
風在哮喘，樹在咳嗽
而你這毒癮深重的大煙客啊
仍那樣目中無人，不肯罷手
還隨意撣著煙屑，把整個城市
當作你家的一只煙灰碟
假裝看不見一百三十萬張

——不，兩百六十萬張肺葉
被你薰成了黑懨懨的蝴蝶
在碟裡蠕蠕地爬動，半開半閉
看不見，那許多矇矇的眼瞳
　正絕望地仰向
連風箏都透不過氣來的灰空

三生石

當渡船解纜

當渡船解纜
風笛催客
只等你前來相送
在茫茫的渡頭
看我漸漸地離岸

水闊，天長
對我揮手

我會在對岸
苦苦守候
接你的下一班船
在荒荒的渡頭
看你漸漸地近岸
水盡，天迴
對你招手

就像仲夏的夜裡

就像仲夏的夜裡
並排在枕上，語音轉低
喚你不應，已經睡著
我也睏了，一個翻身
便跟入了夢境

而留在夢外的這世界
　分分，秒秒
　答答，滴滴
都交給床頭的小鬧鐘

一生也好比一夜
並排在枕上，語音轉低
喚我不應，已經睡著
你也睏了，一個翻身
便跟入了夢境
而留在夢外的這世界
　春分，夏至
　穀雨，清明
都交給墳前的大鬧鐘

找到那棵樹

蘇家的子瞻和子由，你說

來世仍然想結成兄弟
讓我們來世仍舊做夫妻
那是有一天凌晨你醒來
惺忪之際喃喃的痴語
說你在昨晚恍惚的夢裡
和我同靠在一棵樹下
前後的事，一翻身都忘了
只記得樹蔭密得好深
而我對你說過一句話
「我會等你，」在樹蔭下

樹影在窗，鳥聲未起
半昧不明的曙色裡，我說
或許那就是我們的前世了
一過奈何橋就已忘記
至於細節，早就該依稀
此刻的我們，或許正是

那時痴妄相許的來生
你嘆了一口氣
要找到那棵樹就好了
　或許當時
遺落了什麼在樹根

紅燭

三十五年前有一對紅燭
曾經照耀年輕的洞房
——且用這麼古典的名字
　追念廈門街那間斗室
迄今仍然並排地燒著
仍然相互眷顧地照著
照著我們的來路，去路
　燭啊愈燒愈短
　夜啊愈熬愈長
最後的一陣黑風吹過

那一根會先熄呢，曳著白煙？
剩下另一根流著熱淚
獨自去抵抗四周的夜寒
最好是一口氣同時吹熄
讓兩股輕煙綢繆成一股
同時化入夜色的空無
那自然是求之不得，我說
但誰啊又能夠隨心支配
無端的風勢該如何吹？

鑑評

余光中，福建永春人，一九二八年重九日生於南京。中學在大陸完成，大學則未畢業，一九五〇年五月來台，九月入台大外文系，畢業後在大學教書，再赴美留學，一九五九年獲美國愛荷華大學藝術碩士。曾任師範大學、美國密西根州立大學、科羅拉多州寺鐘學院、台灣政治大學、香港中文大學教授、高雄中山大學文學院院長，是台灣第一位終身職的榮譽講座。

自一九五二年至今，余光中出版詩集：《舟子的悲歌》（一九五二年）、《藍色的羽毛》、《鐘乳石》、《萬聖節》、《五陵少年》、《天國的夜市》、《敲打樂》、《在冷戰的年代》、

《白玉苦瓜》、《天狼星》、《與永恆拔河》、《隔水觀音》、《紫荊賦》、《夢與地理》、《聽聽那冷雨》、《高樓對海》、《藕神》、《太陽點名》等。一九八一年洪範書店出版的《余光中詩選》，是一九四九至八一年間的自選集，約略可以見出余光中詩風的特質與演變，頗值參考。

香港中文大學黃維樑教授認為余光中有璀璨的五色之筆，耕耘數十年，成為當代文學的重鎮，其詩風文采，影響深遠。黃維樑對余光中曾有這樣的贊詞：「其詩篇融匯傳統與現代、中國與西方，題材廣闊，情思深邃，風格屢變，技巧多姿，他可戴中國現代詩的高貴桂冠而無愧。光中先生用紫色筆來寫詩。」「他的散文，別具風格，氣魄雄奇，色彩燦麗。光中先生用金色筆來寫散文。」「他的評論出入古今，有古典主義的明晰說理，有浪漫主義的豐盈意象，解釋有度，褒貶有據，於剖情析采之際，力求公正無私如包公判案。光中先生用黑色筆來寫評論。」「余教授又是位資深的編輯，他選文時既有標準，又能有容乃大，結果是為文壇建樹了一座座醒目的豐碑。光中先生用紅色筆來編輯文學作品。」「余教授的譯筆揮動了近四十年，成品豐富無比，在色彩的象徵中，藍色有信實和忠貞的寓意。光中先生用藍色筆來翻譯。」（見《璀璨的五采筆》導言）。因此，黃維樑編輯了兩巨冊余光中評論集：《火浴的鳳凰》（一九七九年．純文學出版社）《璀璨的五采筆》（一九九四年．九歌出版社），為「余學」奠下了堅固的基礎。

張曉風曾預言，余光中是當代中國最有可能獲得諾貝爾文學獎的人。以詩的表現而言，創作與評論兼擅，量多而質精，執當代新詩壇之牛耳而無愧！余光中的詩具有活潑潑的生命力，每冊詩集隱然都有不同的態勢，都有不得不出版的殊異處。詩材極廣，任何事物都可能成為他吟詠的對象，而且絕不陳腐，如果有人要編一部「分類詩選」，不論哪一類別中必定都有余光中的詩。詩法博採眾方，不迷信中國傳統的古典雅緻，也不迷信歐美的條分縷析，對偶、聯句、倒裝、層疊，無一不可運用，俗話、民歌、中國典故、西洋神話，無一不可借取，能在緊要的地方設置懸疑，釀造高潮，使人心沉，也使人心跳！

余光中的詩，語言節奏流暢，如〈鄉愁四韻〉，可吟可唱，正是詩歌文學的傳統主流。余光中的詩，主題明確，如〈控訴一枝煙囪〉，表達了他對台灣的關懷，「明晰的主題和悅人的音樂感才是他詩的重點。」簡政珍也這樣確論（見〈余光中：放逐的現象世界〉，《璀璨的五采筆》第八十八頁）。余光中的詩情韻綿邈，事義與意象並進，詞采華美而有力，如〈三生石〉寫夫妻情深，〈雙人床〉有情慾的追與避，〈白玉苦瓜〉則詞精意美，追索藝術的終極完成，都足以推擁他向國際詩壇綻放光芒。

羅　門（一九二八——）

麥堅利堡

超過偉大的
是人類對偉大已感到茫然

戰爭坐在此哭誰
它的笑聲　曾使七萬個靈魂陷落在比睡眠還深的地帶
太陽已冷　星月已冷　太平洋的浪被炮火煮開也都冷了
史密斯　威廉斯　煙花節光榮伸不出手來接你們回家
你們的名字運回故鄉　比入冬的海水還冷
在死亡的喧噪裡　你們的無救　上帝的手呢

血已把偉大的紀念沖洗了出來
戰爭都哭了　偉大它為什麼不笑
七萬朵十字花　圍成園　排成林　繞成百合的村
在風中不動　在雨裡不動
沉默給馬尼拉海灣看　蒼白給遊客們的照相機看
史密斯　威廉斯　在死亡紊亂的鏡面上　我只想知道
　那裡是你們童幼時眼睛常去玩的地方
　　那地方藏有春日的錄音帶與彩色的幻燈片

麥堅利堡　鳥都不叫了　樹葉也怕動
凡是聲音都會使這裡的靜默受擊出血
空間與空間絕緣　時間逃離鐘錶
這裡比灰暗的天地線還少說話　永恆無聲
美麗的無音房　死者的花園　活人的風景區
神來過　敬仰來過　汽車與都市也都來過
而史密斯　威廉斯　你們是不來也不去了
靜止如取下擺心的錶面　看不清歲月的臉

在日光的夜裡　星滅的晚上
你們的盲睛不分季節地睡著
睡醒了一個死不透的世界
睡熟了麥堅利堡綠得格外憂鬱的草場
死神將聖品擠滿在嘶喊的大理石上
給升滿的星條旗看　給不朽看　給雲看
麥堅利堡是浪花已塑成碑林的陸上太平洋
一幅悲天泣地的大浮雕　掛入死亡最黑的背景
七萬個故事焚毀於白色不安的顫慄
史密斯　威廉斯　當落日燒紅滿野芒果林於昏暮
神都將急急離去　星也落盡
你們是那裡也不去了
太平洋陰森的海底是沒有門的

註：麥堅利堡（Fort Mckinly）紀念第二次大戰期間七萬美軍在太平洋地區戰亡；美國人在馬尼拉城郊，以七萬座大理石十字架，分別刻著死者的出生地與名字，非常壯觀也非常淒慘地排列在空曠的綠坡上，展覽著太平洋悲壯的戰況，以及人類悲慘的命運，七萬個彩色的故事，是被死亡永遠

埋住了，這個世界在都市喧噪的射程之外，這裡的空靈有著偉大與不安的顫慄，山林的鳥被嚇住都不叫了。靜得多麼可怕，靜得連上帝都感到寂寞不敢留下；馬尼拉海灣在遠處閃目，芒果林與鳳凰木連綿遍野，景色美得太過憂傷。天藍，旗動，令人肅然起敬；天黑；旗靜，周圍便黯然無聲，被死亡的感覺重壓著……作者本人最近因公赴菲，曾與菲華作家施穎洲、亞薇及畫家朱一雄家人往遊此地，並站在史密斯的十字架前拍照。

．一九六〇年十月

窗

猛力一推　雙手如流
總是千山萬水
　總是回不來的眼睛
遙望裡
你被望成千翼之鳥

棄天空而去　你已不在翅膀上
聆聽裡
你被聽成千孔之笛
音道深如望向往昔的凝目

猛力一推　竟被反鎖在走不出去
的透明裡

流浪人

被海的遼闊整得好累的一條船在港裡
他用燈栓自己的影子在咖啡桌的旁邊
那是他隨身帶的一種動物
除了牠　安娜近得比什麼都遠

椅子與他坐成它與椅子

坐到短針指出酒是一種路
　空酒瓶是一座荒島
他向樓梯取回鞋聲
　帶著隨身帶的那條動物
讓整條街只在他的腳下走著
一顆星也在很遠很遠裡
　帶著天空在走

明天當第一扇百葉窗
將太陽拉成一把梯子
他不知往上走還是往下走

「麥當勞」午餐時間

一

一群年輕人
　帶著風
　衝進來
被最亮的位置
　拉過去
　同整座城
　坐在一起

窗內一盤餐飲
窗外一盤街景
手裡的刀叉

較來往的車
還快速地穿過
　迷妳而帥勁的
　　中午

二

三兩個中年人
坐在疲累裡
手裡的刀叉
慢慢張開成筷子的雙腳
走回三十年前鎮上的小館
六隻眼睛望來
六隻大頭蒼蠅
　在出神
整張桌面忽然暗成
　一幅記憶
那瓶紅露酒

又不知酒言酒語
　把中午說到
　　那裡去了

當一陣陣年輕人
　來去的強風
　　從自動門裡
　　　吹進吹出
你可聽見寒林裡
　　飄零的葉音

三

一個老年人
坐在角落裡
穿著不太合身的
　　成衣西裝
吃完不太合胃的

漢堡

怎麼想也想不到
漢朝的城堡那裡去
玻璃大廈該不是
那片發光的水田

枯坐成一棵
室內裝潢的老松
不說話還好
一自言自語
必又是同震耳的炮聲
　　在說話了

說著說著
眼前的晌午
已是眼裡的昏暮

後記：寫完此詩，深深感到現代文明，像是頭也不回地向前推進的齒輪，冷漠而無情；文化則是對存在時空產生整體性的關懷與鄉愁。從文明的窗口看此詩，我們看到〈麥當勞午餐時間〉同一時空出現的中國人，竟有三處斷層的生命現象；從文化的窗口看此詩，我們看到貫穿整個時空與歷史文化的大動脈而存在的一個分不開來的中國人。誠然人必須自覺地從文明層面轉化到文化層面上來，否則，人將被冷酷的機械文明不斷地進行切片。

・一九八五年

鑑評

羅門，本名韓仁存，廣東（海南）文昌縣人，一九二八年十一月二十日出生。十二歲進空軍幼校（四川灌縣），一九四八年至五〇年在空軍飛行官校學習飛行，後因腿傷而停飛，一九五一年進民航局工作，一九七六年退休，專事創作。

一九五四年，羅門發表第一首詩〈加力布露斯〉於《現代詩》，第二年與女詩人蓉子結婚，創作更夥，四十年來獲獎無數：一九五八年獲「藍星詩獎」，一九六六年以〈麥堅利堡〉一詩獲菲律賓總統金牌獎，一九七二年獲巴西哲學院頒獎榮譽學位，一九八六年獲世界藝術文化學院榮譽文學博士學位，一九八八年以詩集《整個世界停止呼吸在起跑線上》獲時報文學獎新詩推薦獎，一九九一年獲中山文藝獎。四十年來，羅門出版詩集亦無數：《曙光》（一九五八年）、

《第九日的底流》、《死亡之塔》、《羅門自選集》、《曠野》、《羅門詩選》、《整個世界停止呼吸在起跑線上》、《有一條永遠的路》、《誰能買下這條天地線》、《全人類都在流浪》、《我的詩國》等。一九九五年，羅門將其詩作分類編選，共得十冊，名為「羅門創作大系」，交由文史哲出版社發行，成為此年台灣詩壇大事。

羅門好發議論，不僅言談之間以詩為唯一信仰，形之於筆墨，也曾出版了五本論著：《現代人的悲劇精神與現代詩人》（一九六四年）、《心靈訪問記》、《長期受著審判的人》、《時空的回聲》、《詩眼看世界》（一九八九年）。四十年來，評論羅門的文章已超過五十萬字，輯成專書的就有《羅門論》（一九九一年）、《門羅天下》（一九九一年）、《日月的雙軌——羅門．蓉子創作世界評介》（一九九一年）、《羅門蓉子文學世界學術研討會論文集》（一九九四年）等四部。最後一部即是一九九三年八月大陸「海南大學」為羅門夫婦召開的學術研討會之論文集，這可能是海峽兩岸首度為現代詩人召開的一場學術性的研討會，足見羅門詩作頗受華人世界重視。

羅門喜談心靈大學，第三自然，他自承「詩創作最重要的一點是：詩絕非是第一層次現實的複寫，而是將之透過聯想力，導入潛在的經驗世界，予以觀照、交感與轉化為內心中第二層次的現實，使其獲得更為富足的內涵，而存在於更為龐大且永恆的生命結構與形態之中。」（見《羅門詩選》〈我的詩觀〉）。當羅門被限定只能以三句話來形容他的人和詩時，他說：「詩和藝術是我的最愛，因為它是人類內在生命最美的內容，並使我體悟永恆與真理的存在。」（見《台灣詩學季刊》第十期第五〇頁）。

〈麥堅利堡〉是羅門自許為可以傳世之作，美國人為紀念二次大戰太平洋地區陣亡戰士，在馬尼拉近郊樹立七萬座大理石十字架，臨場壯觀，震懾人心，「偉大」與「不安」顫慄著詩人，此詩自有其與時間賽跑的價值。

〈流浪人〉寫離鄉已久的榮民心中的落寞，「他不知往上走，還是往下走」恐怕也是許多人心中的迷惘。〈窗〉則從現實的推窗望遠，寫到喻義極強的「反鎖在走不出去的透明裡」。〈麥當勞午餐時間〉則是羅門批判都市文明關懷人文的重要篇章之一。

錦　連（一九二八——二〇一三）

轢　死
——Ciné　Poéme

1. 窒息了的誘導手揮舞著紅旗

2. 啞吧的信號手在望樓叫喊

3. 激——痛

4. 小釘子刺進了牙齦

5. 從理念的海驚醒而聚合的眼眼眼睛

6. 染了血的形態的序列
7. 齧牙的輪子停住了
8. 一塊恐怖
9. 在輪子與輪子之間
10. 太陽轟然地墜落了
11. 所有的運動轉換方向
12. 大地震顫的音響和有密度的聲浪
13. 圍圈縮小
14. 麻木的群眾仰望著

15. 有些東西徐徐地上升　然而

16. 灰塵似的細雨從天上落下（人們想到淚珠以前）

鑑　評

錦連，本名陳金連，台灣彰化市人。一九二八年十二月六日生。就讀於日據時期鐵道講習所電信科中等科，畢業後，入鐵路局彰化火車站服務，退休後，在彰化地區教授日文。與林亨泰、張彥勳、蕭翔文、朱實等同為「銀鈴會」之一員，曾參加現代詩社，為笠詩社發起人之一，一九九一年獲鹽分地帶文藝營頒給「台灣新文學特別推崇獎」。著有詩集《鄉愁》（一九五六年八月）、《挖掘》（一九八六年二月）、《海的起源》等。

「我是一隻傷感而吝嗇的蜘蛛」，這是錦連的詩觀，他分析說：

一、傷感——對存在的懷疑，不安和鄉愁，常使我特別喜愛一種帶有哀愁的悲壯美（當然也不妨含有一些冷嘲和幽默的口吻）。

二、吝嗇——我珍惜往往只用了一次就容易褪色的僅少的語彙（身上的錢既少，就不許揮霍的）。

三、蜘蛛——為了捕捉就得耐心等待（並非等待靈感的來臨）。

——見《笠》第五期〈笠下影〉

錦連希望「在平凡的生活現場中，用平凡的語彙寫出忠於自己的，同時也包括對我們生存的環境表現出一些批判性、諷刺性，甚至逆說性的東西。」（見《美麗島詩集》錦連詩觀）。

〈轢死〉這首詩，與〈女的記錄片〉同標為Ciné Poéme，如同電影鏡頭存在膠卷中一格一格的靜態影像，只要一轉動，彷彿就可以活動起來。羅青在一九八八年出版《錄影詩學》，以為中國語言與中國詩畫的思考模式，曾發展出「手卷」的形式，為文章或敘事材料，提供繪畫性的圖解，希望利用現代錄影設備，以鏡頭語言的複雜、開闊，來取代傳統的「圖像語言」。錦連此詩，可視為錄影詩學的前身。各個不同的編號就是不同的鏡頭語言，有空間影像，也有時間在其中流盪，相關連、或者不相關連的鏡頭，接合成車禍現場的血腥恐怖，如果以錦連曾在鐵路局服務的經歷，此詩自是火車造成的車禍，起首兩句以「無聲」演出，更加深了怵慄效果，最後以雨以淚（此詩亦可視為流淚之前內心緊繃的哀痛）之落收結，則有情緒宣洩的紓解作用。

孟樊在〈台灣現代詩的理論與實際〉一文（見《創世紀》第一〇〇期，一九九四年九月）曾直指：「〈轢死〉為超現實主義的代表作，堪稱台灣現代詩茁壯期的里程碑。」或許並非過譽。如果一九五九年沒有〈轢死〉的出現，則林彧的〈單身日記〉，或許不會誕生於一九八四年六月的《創世紀》第六十四期，而其後的《錄影詩學》是否適時提出，亦值得玩味。文學作品的潛移默化之功，實在是驚人的。

彩　羽（一九二八——）

冷的方程式

歡喜流的
都浮沉在水裡
歡喜飄的
都消失在雲中
我抬起頭來的雙肩把累積的風雨舉高而堆升到
我的髮尖
而後
降落到大地
即成為皚皚的雪

鑑評

彩羽，本名張恍，湖南長沙人，一九二八年十二月四日生，早年在家鄉讀書，十六歲即有作品於長沙《小春秋》晚報發表，一九四九年來台後，羈身軍旅達二十載，一九五六年一月，參加紀弦在台北創立的「現代派」，一九六三年「創世紀」詩社改組，被聘為社務委員，一九六九年「詩宗社」成立，他又是其中一員健將。曾任《自由日報》副刊編輯。著有詩集《濁流溪畔》（一九七九年，與丁潁、方良、周伯乃合著），《上昇的時間》（一九九一年）。詩作曾入選大業版《七十年代詩選》，濂美版《八十年代詩選》，巨人版《中國現代文學大系》詩卷，九歌版《中華現代文學大系》詩卷，《創世紀四十年詩選》等多種重要選集。

彩羽在軍中成長，靠自我不斷努力探索，而在詩壇自成格局。《七十年代詩選》編者曾經對他有過十分中肯的評介：「彩羽的的確確曾經熱愛過，轟轟烈烈戰鬥過，辛辛苦苦生活過，猖猖狂狂幻想過，他的詩是對現實的執著，是對黑暗的抗議，是對人類精神文明的探測。就文字言，他喜歡平白的口語；就氣氛言，他喜歡一股淡淡的玄祕；就技法言，他喜歡以凝實、收放自如的句子，去轉接、化合那些豐美而又跳躍的意象。……」

諸如他的〈零度〉、〈過濾之石質〉、〈變異的光輝〉、〈角形之夢〉等詩作，充滿現代的感覺與趣味，更顯露作為一個現代人精神的迷茫。

五十歲以後的彩羽，詩風比較內斂，大力排除早期情緒的獨白，強調水到渠成的抒情。諸如〈旅雁〉，〈風鈴〉，〈九重葛〉，〈蝸牛〉等詩作，均有不俗的表現。兩岸開放後，他的鄉愁獲得紓解，一些以故國山川風物為題材的作品源源投入詩壇，〈鄂爾多斯〉一作為其佳構之一。

茲引該詩末節為證：

滄茫
浩瀚
謝蒼天，所幸，煙塵起處，這兒仍有
牛、羊與夫馬群牧放
在時間的隧道中，而陸沉的歲月
已杳。鄂爾多斯！你你
我們大地的母親
三十六萬萬七千萬歲的年邁母親
遠古的大地，不朽的紅顏！

這座內蒙古草原，世界極少數的古陸之一，在彩羽坦蕩無私的筆下，豁然讓人們記憶的眼睛慢慢地張開。

〈冷的方程式〉，曾入選爾雅版《小詩選讀》（一九八七年），是彩羽三十六歲的作品，成於一九七四年，全詩九行，區分兩節，一開頭採直敘方式，中間長句開始一轉，把讀者帶領到另一意象森森不可宣說的境界。冷的極致是「皚皚的雪」，何其透明與晶瑩。本詩可作二解，一是對季節變化的詮釋，二是對自我情感的鋪述，由熱到冷狀態之描繪與捕捉。〈冷的方程式〉，更暗喻作者對生命的穎悟與觀照，堪稱是一最佳的範例，可供讀者參考。

管管（一九二九——）

空原上之小樹呀

之一

每當吾看見那種遠遠的天邊的空原上
在風中
在日落中
站著
幾株
瘦瘦的
小樹
吾就恨不得馬上跑到那幾株小樹站的地方
望

雖然
在那幾株小樹站的地方吾又會看見遠遠的天邊上的空原上
在風中
在日落中
站著
幾株
瘦瘦的
小樹

雖然
吾恨不得馬上跑上去
雖然

雖然
那另一個遠遠的天邊的空原上
也許是

一座
塔

雖然
那人
越跑
越小

像一隻星

之二

每當我看見那種遠遠的天邊的空原上
在風中
在日落中
站著
幾株
瘦瘦的

小樹

吾就恨不得馬上跑上去
與小樹們
站在
一起

像一匹馬
或者
與小樹們
站在一起

哭泣

荷

「那裡曾經是一湖一湖的泥土」
「你是指這一地一地的荷花」
「現在又是一間一間的沼澤了」
「你是指這一池一池的樓房嗎」
「是一池一池的樓房嗎」
「非也，卻是一屋一屋的荷花了」

缸

有一口燒著古典花紋的缸在一條曾經走過
清朝的轎明朝的馬元朝的干戈唐朝的輝煌
眼前卻睡滿了荒涼的官道的生瘡的腿邊

張著大嘴
在站著
看

為什麼這口缸來這裡站著看
是哪一位時間叫這口缸來站著看
是誰叫這口缸來站著看

總之
官道的荒涼上
被站著
一口
孤單單的
張著大嘴
看你的
缸

這缸就漸漸被站的不能叫他是缸
反正他已經被站的不再是一口缸的孤單
如同陶淵明不止叫陶淵明
他敦煌不止教他是敦煌

有人去叫缸看看什麼也不說
有人說缸裡裝滿東西
有人說什麼也沒裝進缸
有人說裝了一整缸的月亮

一天有個傢伙走來
打破了這口缸
也是一個屁不放

不過
這口破缸
卻開始了

歌唱。

鑑評

管管，本名管運龍，山東膠縣人，一九二八年八月九日生於青島市。大動亂中隨軍來台灣，官拜陸軍排長，退役後，曾任編輯，並參加「六朝怪談」、「超級市民」等電影演出，曾獲香港現代文學美術學會新詩獎，並赴美國愛荷華大學「國際作家工作坊」訪問三個月，現專事寫作，「創世紀」詩社同仁，著有詩集《荒蕪之臉》（一九七二年）、《真摯與奔放》（一九七五年）、《管管詩選》（一九八六年）、《腦袋開花．奇想花園66朵》《茶禪詩畫》等。

辛鬱說他可能是一片曠野，一陣煙雲與一場驟雨的組合。《七十年代詩選》編者張默說他「以呼嘯之姿，以快動作與夫荒野大鏢客的粗獷，以一種滿不在乎的醉態，橫掃所有詩人的門前雪，凡是別的詩人不適宜的帽子都扔給他好了，他大吃他大喝他仰天作極悽厲之呼喊，就是他，我們的管管，為中國為詩壇豎立起另一座神經的中樞。」

不過，這些形容都不如管管的夫子自道來得真切：「管管，本名管運龍，中國人，山東人，膠縣人，青島人，台北人。寫詩30年，寫散文20年，畫畫18年，喝酒31年，抽菸26年，罵人40年，唱戲30年，看女人40年忽個月，迷信鬼怪33年，吃大蒜38年7天，單戀29年28天，結婚8年，妻一女一子一，好友36，朋友四千，仇人半隻，好牙29顆，光著屁股睡覺46年多一點點，書二千冊，好書五六本，痔瘡一枚。愛花、愛山、愛水、愛畫、愛電影、愛女人、愛小孩、愛貓、愛春天、愛月亮、愛夜、愛鳥聲、愛哭、愛吐痰、愛怪異……」

以這兩段管管的簡介來看管管的思考模式，大約就可以掌握進入管管詩中的金鎖匙。

〈荷〉這首詩，使用了與眾不同的量詞，「一湖一湖的泥土」、「一間一間的沼澤」、「一池一池的樓房」，逼使讀者去思考為什麼是一地一地的荷花或一屋一屋的荷花，然後可以發現到：人填土蓋平了荷花池，高築了樓房，改變了地形地物地貌，卻又不能不在樓房裡供養著荷花。到底是人馴服了大自然，還是大自然馴服了人？

〈缸〉這首詩富於禪意，一口缸站在官道上，原是很平常的一件事，管管卻讓這缸又裝滿東西、又什麼也沒裝、又裝了一整缸的月亮，引人沉思而能勘破；如果這時還無法勘破，這口缸被打破了，一口破缸卻開始了歌唱，至此，難道還不能領悟：色就是空，空就是美妙嗎？

〈空原上之小樹呀〉讓我們眼睛的鏡頭，一直向遠方追蹤過去，追過去，像「一隻」星，空曠遼敻的感覺一直推廣而去，向無止盡的地平線追蹤而去。上一首〈缸〉因「歌唱」而活了起來，這一首〈空原上之小樹呀〉因「哭泣」而有了生命，天與人因同情合而為一。

管管是不能仿學的，一首詩有一首詩的理路，每一首詩都展現了不同的姿彩，合在一起，又共同透露了管管的粗獷與細緻，孫悟空因為沒有臍帶而更能上天入地，管管的瀟灑亦復如是。

大　荒（一九三〇——二〇〇三）

謁杜甫草堂

——想起你，總不期然而然隱隱望見
一尊
「天邊老人歸未得，
日暮東臨大江哭！」
的雕像

說是說要尋那把
你一再提到的金篦
其實我早已用你的詩刮過眼膜
你也早已無需誰
分米療飢

攢錢補漏
我之不遠千里不遲千年不辭頭重
急急趕來
只是幻想能踩中你的足跡
如踩中一枚地雷
轟一聲！化成爆發的煙火
以落花身分與詩句風姿
在浣花溪洗澡

被廷爭疏離君主
被戰爭逐出長安
蜀道這條玄宗倉皇出奔的路
你奔，就苦於上青天了
麗人行的低吟
悲陳陶的吶喊
哀江頭的吞聲
沒感動任何當局

你的詩只有酒壺聽懂
只有蛺蝶蜻蜓
採用花間水上的舞譜
左拾遺這種小官
裝不滿緋魚袋
填不飽空皮骨
這才荒江結屋
以作詩的手作稼
以謀篇的力謀生

推開柴門穿過水檻步上藥欄
你手植的槿松桃竹已更新換代
惟花徑一撮落葉
據說掃地的時候詩思泉湧
你以產婦奔產房之匆遽奔回書房
回頭再掃，便一動也不肯動了
它們堅持：你的帚下

應享筆下的待遇
星空下的長夜
你常斜倚北斗
搔越稀越短的白髮
問天而又自問
家事、國事
全然不像寫詩那樣由你經營
何時洗兵馬？
何時干戈打成犁頭？
你實在很迂，很天真
僅僅聽見劍外一記輕雷
便喜滋滋的相信春回大地

夢，隨著西川節度使死了
你終於續寫蜀道卷下
出川
巴峽過了過巫峽

襄陽下了轉衡陽
瀟湘是深闊的弱水
承不起屈子，浮不起賈生
自然也載不住你
公孫大娘弟子白帝城那一舞
李龜年江南那一歌
你岳陽樓憑軒那一哭
盛唐的大旗連連倒下
待方田驛那一餓
聶耒陽急急搶救的
只是你兩首遺書
告別湖南親友
把身前事身後事留給寂寞

後記：一九九一年五月中走成都，不幸生病，賴詩人鍾鳴送醫急診，稍痊，扶病訪草堂。歸來應張默之約成一短章，然寥寥數行，實不盡對百代大師之景仰與追慕。乃另闢蹊徑，續成此章，其關乎杜詩甚夥，不克盡註，高明自可查核。

鑑評

大荒，本名伍鳴皋，安徽無為人，一九三〇年一月三日生。大荒少年時期曾讀過蕪湖初中，未及畢業即從軍入伍，一九四九年隨軍隊到台灣，在軍營中生活十八年，三十六歲退役，隨即考入師範大學國文專修科，畢業後擔任國中教師，直至一九九〇年因病退休。曾參加「創世紀」詩社、「詩宗社」，著有詩集《存愁》、《雷峰塔》、《台北之楓》等。

大荒詩集中的《雷峰塔》是一本詩劇，他將神話故事演化為敘事長詩，將白蛇傳中的許仙作為中原文化的象徵，白蛇自是外來文化、引誘者，法海和尚象徵傳統文化殘餘勢力、頑抗進步的人物，對於外來文化是迎是拒就成為此劇之衝突高潮，許仙之子許士麟的誕生則顯示了新文化的可能。從這本詩劇可以看出大荒其他詩作的特色，大荒擅長運用古典神話題材，賦予時代新義；大荒的詩抒情與敘事兩種功能同時掌握，交叉活用，面度的開展極為可觀；大荒的詩作，長詩氣勢的鋪排勝於短詩氣韻的醞釀，十分重視主題與意義。因此，他的同鄉張默曾如是評述：「作為一個現代詩人的大荒，他的勇武豪邁的氣魄早已是聞名的。他一系列的長詩，猶之沉雄的交響樂，深深打動著人們心靈的青空。」

〈謁杜甫草堂〉是大荒嚮往傳統，仰慕前賢的作品，約略可以看出在西化的路上大荒扮演的是固守傳統的角色，此詩以杜甫潦倒的生活與不倒的詩句交糅而成，生前身後，一樣寂寞，家事國事，一樣無奈，彷彿又是古今詩人可以同聲一嘆的悲情！

楊　喚（一九三〇——一九五四）

二十四歲

白色小馬般的年齡。
綠髮的樹般的年齡。
微笑的果實般的年齡。
海燕的翅膀般的年齡。

可是啊，
小馬被飼以有毒的荊棘，
樹被施以無情的斧斤，
果實被害於昆蟲的口器，
海燕被射落在泥沼裡。

Y．H！你在哪裡？
Y．H！你在哪裡？

我是忙碌的

我是忙碌的。
我是忙碌的。

我忙於搖醒火把，
我忙於雕塑自己；
我忙於擂動行進的鼓鈸，
我忙於吹響迎春的蘆笛；
我忙於拍發幸福的預報，
我忙於採訪真理的消息；
我忙於把生命的樹移植於戰鬥的叢林，
我忙於把發酵的血釀成愛的汁液。

直到有一天我死去，
像尾魚睡眠於微笑的池沼，
我才會熄燈休息，
我，才有個美好的完成，
如一冊詩集：
而那覆蓋著我的大地，
就是那詩集的封皮。

我是忙碌的，
我是忙碌的。

鑑評

楊喚，本名楊森，遼寧興城人，一九三〇年九月七日生，一九五四年三月七日逝世，得年二十五歲。著有詩集《烏拉草》、《風景》。

楊喚的童年是不幸的，家裡貧困，失恃，雖有祖母撫育，也不免於受繼母虐待之命運，他在自己的照片上題辭：「從小就是個可憐的小東西，那在北風裡唱著：『小白菜呀遍地黃』的，那挨打受罵，以痛苦作糧食，被眼淚餵養大的小東西。」因為童年的不幸，楊喚反而寫出許多膾炙人口的童詩，他說：「兒童詩，我還想再寫下去，因為我想從裡面找回一些溫暖。」楊喚無疑是台灣詩壇上「兒童詩」的先驅者，覃子豪曾如此讚譽他在童話詩上的成就：「有新鮮的內容，獨創的格調，不是陳腔濫調的兒童，是培育兒童心靈的新鮮的讀物。」（見〈論楊喚的詩〉）。

楊喚的詩一向保持清新的面貌，閃現智慧的結晶，傳達童稚的詩心。他的生前好友歸人（黃守誠）說：「楊喚的短促一生，表現了一個追求文學，擔負歷史，渴望知識，實踐仁愛理想的熱烈生命。」歸人將楊喚的作品輯印成書，命名為《楊喚全集》兩冊，一九八五年五月洪範書店出版，可以一窺他從童年、故鄉、流浪、愛情、友情、文學的追求，時代的感受，以迄生命的探索，同時可以了解他在文學藝術上多方面的造詣。

〈我是忙碌的〉與〈二十四歲〉是楊喚詩作中的名篇，〈我是忙碌的〉可以感受到一股昂揚的奮發意志，是他所喜愛的生活方式，也是他積極思想的躍動軌跡。〈二十四歲〉是一首形象鮮明，喻意深刻的詩，有著年輕生命的煥發與挫折，動物與植物的譬喻，則是楊喚所專擅的。

對於「詩」，楊喚說：

「詩，是不凋的花朵，
但，必須植根於生活的土壤裡；
詩，是一隻能言鳥，
要能唱出永遠活在人們心裡的聲音。」

對於「詩人」，楊喚呼籲：

「今天，詩人的第一課
是要做一個愛者和戰士，
然後才能是詩的童貞的母親。」

這是他所信奉的詩觀，值得我們大家細細咀嚼。

商　禽（一九三〇——二〇一〇）

長頸鹿

那個年輕的獄卒發覺囚犯們每次體格檢查時身長的逐月增加都是在脖子之後，他報告典獄長說：「長官，窗子太高了！」而他得到的回答卻是：「不，他們瞻望歲月。」

仁慈的青年獄卒，不識歲月的容顏，不知歲月的籍貫，不明歲月的行蹤；乃夜夜往動物園中，到長頸鹿欄下，去逡巡，去守候。

五官素描

嘴

說什麼好呢
唯
吃是第一義的
歌
偶爾也唱
也曾吻過
不少的
啊——酒瓶

眉

只有翅翼
而無身軀的鳥
在哭和笑之間
不斷飛翔

鼻

沒有碑碣
雙穴的
墓
梁山伯和祝英台
就葬在這裡

眼

一對相戀的魚

尾巴要在四十歲以後才出現
中間隔著一道鼻梁
有如我和我的家人
中間隔著一條海峽
這一輩子怕是無法相見的了
偶爾
也會混在一起
只是在夢中的他們的淚

耳

如果沒有雙手來幫忙
這實在是一種無可奈何的存在

然則請說吧
咒罵或者讚揚
若是有人放屁
臭

是鼻子的事

無言的衣裳
（一九六〇年秋、三峽、夜見浣衣女）

月色一樣的女子
在水湄
默默地
捶打黑硬的石頭
（無人知曉她的男人飄到度位去了）

荻花一樣的女子
在河邊
無言地

捶打冷白的月光
（無人知曉她的男人流到度位去了）

月色一樣冷的女子
荻花一樣白的女子
在河邊默默地捶打
無言的衣裳在水湄

（灰朦朦的遠山總是過後才呼痛）

後記：一九六〇年秋，曾與詩友流沙遊三峽，宿背街臨河旅館，房為木架支撐之小樓，半懸於河上，風並水俱流於其下，遂喝米酒如飲高粱，醉而臥。夜有搗衣聲驚夢，推蓬窗視之，月色、荻花、水光，澄明一片，天地寂然，唯一女子浣衣溪邊，磕磕砧聲迴響於山際，不勝淒其。因憶兒時偕諸姑嫂濯衣河上之歡，水花笑語竟如昨日，不禁戚然。欲推流沙再飲未果，獨酌尋句又未得，遂輾轉以終夜。後又與秀陶等人醉此小樓，不復聞砧聲，亦未得句。二十年後，詩雖成，故友已星散，懷想之情不能自已，是為記。

雞

星期天，我坐在公園中靜僻的一角一張缺腿的鐵凳上，享用從速食店買來的午餐。啃著啃著，忽然想起我已經好幾十年沒有聽過雞叫了。

我試圖用那些骨骼拼成一隻能夠呼喚太陽的禽鳥。我找不到聲帶。因為牠們已經無須啼叫。工作就是不斷進食，而牠們生產牠們自己。

在人類製造的日光下
既沒有夢
也沒有黎明

鑑評

商禽，本名羅燕，筆名甚多：羅硯、羅馬、壬癸、丁戊己等。四川省珙縣行建鄉人。一九三〇年三月生。商禽十五歲即從軍，從軍前僅受過初中教育，隨軍隊萍浮西南諸省，轉進台灣，直至一九六八年退伍，在軍中二十四年，退伍時只是上士一級士官。退伍後曾任編輯、碼頭工人、賣牛肉麵，一九六九年曾應邀到美國愛荷華大學「作家工作坊」研究，留美兩年。七〇年代後期擔任《時報週刊》編輯工作，直至一九九四年退休。商禽曾是「現代派」健將，身跨「現代詩社」與「創世紀」詩社。著有詩集《夢或者黎明》、《用腳思想》、《夢或者黎明及其他》等，選集《商禽．世紀詩選》、《商禽詩全集》等，另有英、法、德、瑞典文等譯本。一九七七、一九八二、二〇〇五年三度名列當代十大詩人，《夢或者黎明》於一九九九年入選台灣文學經典詩集，《商禽全集》獲二〇〇九年台灣文學獎圖書類新詩經典獎。

本質上，商禽以一卑微的士兵身分，躋身行伍之間，流徙西南各地，歷經戰亂流離，因此詩中充滿人道主義者的悲憫，詩法或許超現實，但觀照的眼光未曾遠離人間。「誰來鑑照淚珠？」商禽就具有這種以淚珠鑑照人生的襟懷。《七十年代詩選》評述商禽為「最人間性的詩人」：「他把生活緊緊擁抱，把詩當作最神聖的人生事物，而以最真實最虔誠的態度來處理。」《八十年代詩選》中，商禽自述詩觀則強調視、聽、嗅、觸、想諸感受同時開放，「如果我們全官能的開放去讀一首詩，我們便已經為那詩中的意象在心中準備了舞台，那些意象才能次第的，重疊的在那裡上演。」

早期，商禽的詩以兩大特色為其主要風格，一是堅持超現實主義的精神，二是堅持散文詩的鬆懈形式。這二者構成了商禽持久性的詩的確真面貌。〈長頸鹿〉是他早年的名作，即以散文詩的外貌顯現對自由、歲月的渴望，此詩中有「小說企圖」，情節經過改編，加強了戲劇張力！

〈五官素描〉依然顯現了商禽的「人間性」，中年之後，視茫茫，髮蒼蒼，以五官來看待自己和同年齡層的朋友的老境，有著一絲的恐慌和無奈！

〈無言的衣裳〉也充滿了「小說企圖」，一個古典的情境，一個無言的女子，空谷回聲，竟再也無法覓得那一夜曾經的砧聲！

終極的關懷，生活中看似不甚重要的體驗，未來都有可能成為生活詩人的題材，商禽的詩不在浮面上撈起泡沫而已，而是尋思本體性何在，反覆思考，不與泛泛寫實詩人一模樣。

張默(一九三一——)

三十三間堂

第七間
它們面面相覷橫七豎八的
依偎在一起，你猜
怎麼著，實則它們什麼也沒做
第八間
有花香緩緩走過
第九間
一蓬頭垢面的浪人在發無名的脾氣
第十間
米芾、黃庭堅、張瑞圖，相互悠悠地筆舞
第十一間
我的童年荒蕪了
我的書齋不見了
我的田園失蹤了
第十二間
第十三間
第十四間

第十五間
第十六間
你問它，幹啥
它們統統統統「莫宰羊」
第十七間
眾海濤一湧而上
第十八間
撫孤零零的巨松而盤桓
第十九間
陶老頭，一個人不言不語，喝悶酒
第二十間
一排彈珠箭簇一般地飛過來飛過來
第二十一間、第二十二間、第二十三間、
第二十四間、第二十五間、第二十六間、
第二十七間、第二十八間、第二十九間、
第三十間、第三十一間
第三十二間

（黃河、長江、青海、八達嶺、塔克拉馬
干、大雁塔、岳陽樓、滄浪亭、杜甫草
堂、樂山大佛……它們全然東倒西歪地
黏在一塊，說長道短，但是都不敢問
今年是何年，今夕是何夕？）
民國，二十年代，五十年代，八十年代
還有一些糾纏不清的聊齋
它們，俱黯然神傷
永遠，不會再回頭了
話說
第三十三間
直挺挺地站在那裡，一動也不動
像一尊怒目蹙眉的巨獅
對著煙塵滾滾川流不息的
現代
　　突然放聲大哭

附記：拙詩〈三十三間堂〉，係作者某一時刻所感受到的十分獨立奇特的風景，它與座落在日本京都國立博物館斜對面的「三十三間堂」，毫無關涉也。

鑑評

張默，本名張德中，安徽無為人，一九三一年一月生。一九三八至四八年之間，先讀私塾，再入無為縣立簡師、南京成美中學就讀，一九四九年從南京流浪來台，次年參加海軍行列，在軍中服務二十二年退役。張默於一九五四年先後認識洛夫、瘂弦等人，創辦《創世紀》詩刊，自此以後，「詩」——成為他一生志業之所在，永不退役。

洛夫說：「張默做人雖無城府，但文章自有丘壑，平易中見真性，瑣碎中見深致。」以此個性，他曾傾全力維繫《創世紀》之聲名於不墜，編選眾多詩選集，如《中國新詩選輯》、《中國現代詩選》、《剪成碧玉葉層層》、《感月吟風多少事》、《中華現代文學大系詩卷》等近二十部，出版詩集《紫的邊陲》（一九六四年）、《上昇的風景》、《無調之歌》、《張默自選集》、《陋室賦》、《愛詩》、《光陰・梯子》、《落葉滿階》、《獨釣空濛》、《張默小詩帖》等十八部，並以《落葉滿階》獲得中山文藝獎，可以見證：「詩」——真是他一生志業之所在，永不放棄。

張默自述寫詩的歷程，一九六九年以前不免晦澀混沌，表現不夠完整，此年之後，他才勇於超越一切的羈絆，毅然邁開創作的步伐，努力試圖建立真正的聲音。他說：「一個詩作者，應不忘時時刻刻從實驗中怡然走出，從豐實的傳統中汲取礦源，從許多未知的新事物中找尋靈感，尤其最最重要的莫過於要能寫出充滿人性、充滿溫馨、充滿哲思，甚至充滿展現世界宏觀的作品。」（見《落葉滿階》自序）。準此以觀張默近十五年的詩作，由混沌而澄明，遠晦澀而近圓融，寫景、敘事、說理、抒情，渾灑自然，收放裕如，多首長詩（如〈時間．我縋綣你〉）都能同時展現個人坎坷的際遇與世紀迷惘的心懷。張默的人品與詩品合一，有如夏日一陣驟雨，突然而來，戛然而止，任其餘韻迴轉不停；復如冬夜一盆爐火，熊熊烈烈，令人也隨著他的語字蹁躚不已。這樣的感覺，正是詩人的生命感染力與詩作的澎湃震撼力所激成，每一次的行動、每一首詩的吐納都在說明：「詩」，毫無疑問是張默一生志業之所在，永不懈怠。

〈三十三間堂〉，可以讀出張默三十多年來貫通在其詩中，不可遏抑的氣勢，說說唱唱，瀟瀟灑灑，天地任我遨遊，日月任我把玩，從《紫的邊陲》開始發展的生命活力，一直在詩中滋長，流竄！最後的結語有如阮籍放聲大哭的宣洩痛快感，這正是張默詩中永遠存有的源泉，一生的志業。海內外評論張默的專文，已蒐集成書，名曰：《詩痴的刻痕》（一九九四年，文史哲出版社印行），可供研究張默者參考。（蕭蕭執筆）

周鼎（一九三一——二〇〇九）

洗碗

——為國際家庭年作

妻說
我這個大男人
酒足飯飽
也該洗一洗碗
婦人之言可以不信
不能不聽
我欣然從命
（妻也算得是賢妻
要我洗碗

沒有要我戒酒）

山僧洗缽洗出禪洗出
龜毛
兔角
洗碗就洗碗
從容就義
洗碗也許洗出天上人間之類的妙境

飯後女兒回房
尖聲卷舌念英文單字
妻坐在梳妝台前
漫哼輕唱
我在廚房
洗碗
自我微笑

一個碗脫手掉到地上
啪噠一聲
妻驚問我是洗碗
還是砸碗
我應之曰
學做好丈夫難免打破
幾個碗

鑑評

周鼎，本名周去往，湖南岳陽人，一九三一年十月二十日生。抗戰期間讀完小學，一九四六年從軍，一九四九年隨軍隊到台灣，一九六一年退役，退役後曾轉任各業，後來在台北市中國工商專科學校服務，目前已返回大陸定居，據所知，周鼎是來台詩人中唯一返回出生地者。長期參加「創世紀」詩社，著有詩集一冊《一具空空的白》。

「在台灣詩壇，周鼎堪稱一絕，人絕，詩亦絕。」洛夫在周鼎詩集的〈序〉中這樣介紹：「周鼎自幼顛沛流離，中年後又命途舛蹇，在現實中歷經滄桑，其累積的負面經驗足以使一個軟弱者喪失生存的信心。他是湘人，賦性執拗而疏狂，在詩人中向以嗜酒，醉後好發議論，直言諷諫著稱。因此他的朋友不多，僅老友與詩人若干而已。其實他為人率性坦蕩，熱中詩藝，名利心極輕，萬丈紅塵，在他眼中無非煙雲一片，弱水三千，只取一瓢，而這一瓢是靈水，是醍醐，灌得他既清醒而又空靈，因而把他塑成一個風格獨特的詩人。」

周鼎最早的成名作是一首五行小詩〈終站〉：

寂然
解脫於最後的喘息
以一種睡姿
以一種美
以遺忘

這首小詩給出人生終站的空與白的寧靜美，有一種超脫生死的達觀境界。周鼎另一首名詩是取為集名的〈一具空空的白〉，長達一百九十六行的詩劇，洛夫認為：「這是一篇極具自我調侃意味和社會批判意識的現代荒謬詩劇。」在詩中，周鼎強烈表現：「死」是生命的終止，「躺」是生命的一種姿勢，一種動作，詩人周鼎躺在那裡，躺成他所喜歡的樣子，他只是躺在那裡，那不是生命的終止。此詩中周鼎不惜以自己的「死」來表達生與死的「空無之美」，其實也是一種「了生死」的悟。

不過，不知生，焉知死，台灣時期的周鼎在困厄的遭遇中自有其解脫的詩觀，返回大陸後卻另有一番生的喜悅，由虛返實，〈洗碗〉中的大丈夫自有枯木逢春的幸福感。

瘂弦（一九三二——）

坤伶

十六歲她的名字便流落在城裡
一種淒然的韻律

那杏仁色的雙臂應由宦官來守衛
小小的髻兒啊清朝人為他心碎

是玉堂春吧
（夜夜滿園子嗑瓜子兒的臉！）

『哭啊……』
雙手放在枷裡的她

有人說
在佳木斯曾跟一個白俄軍官混過
一種凄然的韻律
每個婦人詛咒她在每個城裡

鹽

二嬤嬤壓根兒也沒見過退斯妥也夫斯基。春天她只叫著一句話：鹽呀，鹽呀，給我一把鹽呀！天使們就在榆樹上歌唱。那年豌豆差不多完全沒有開花。

鹽務大臣的駱隊在七百里以外的海湄走著。二嬤嬤的盲瞳裡一束藻草也沒有過。她只叫著一句話：鹽呀，鹽呀，給我一把鹽呀！天使們嬉笑著把雪搖給她。

一九一一年黨人們到了武昌。而二嬤嬤卻從吊在榆樹上的裹腳帶上，走進了野狗的呼吸中，禿鷲的翅膀裡；且很多聲音傷逝在風中：鹽呀，鹽呀，給我一把鹽呀！那年豌豆差不多完全開了白花。退斯妥也夫斯基壓根兒也沒見過二嬤嬤。

如歌的行板

溫柔之必要
肯定之必要
一點點酒和木樨花之必要
正正經經看一名女子走過之必要
君非海明威此一起碼認識之必要
歐戰，雨，加農砲，天氣與紅十字會之必要
散步之必要
溜狗之必要
薄荷茶之必要
每晚七點鐘自證券交易所彼端
草一般飄起來的謠言之必要。旋轉玻璃門
之必要。盤尼西林之必要。暗殺之必要。晚報之必要

穿法蘭絨長褲之必要。馬票之必要
姑母遺產繼承之必要
陽台、海、微笑之必要
懶洋洋之必要

而既被目為一條河總得繼續流下去的
世界老這樣總這樣：——
觀音在遠遠的山上
罌粟在罌粟的田裡

給橋

常喜歡你這樣子
坐著，散起頭髮，彈一些些的杜步西
在折斷了的牛蒡上
在河裡的雲上

天藍著漢代的藍
基督溫柔古昔的溫柔
在水磨的遠處在雀聲下
在靠近五月的時候

（讓他們喊他們的酢漿草萬歲）

整整的一生是多麼地、多麼地長啊
縱有某種詛咒久久停在
豎笛和低音簫們那裡
而從朝至暮念著他、惦著他是多麼的美麗

想著，生活著，偶而也微笑著
既不快活也不不快活
有一些什麼在你頭上飛翔
或許
從沒一些什麼

美麗的禾束時時配置在田地上
他總吻在他喜歡吻的地方
可曾瞧見陣雨打溼了樹葉與草嗎
要作草與葉
或是作陣雨
隨你的意

（讓他們喊他們的酢漿草萬歲）

下午總愛吟那闋「聲聲慢」
修著指甲，坐著飲茶
整整的一生是多麼長啊
在過去歲月的額上
在疲倦的語字間
整整一生是多麼長啊
在一支歌的擊打下

在悔恨裡

任誰也不說那樣的話
那樣的話，那樣的呢
遂心亂了，遂失落了
遠遠地，遠遠遠遠地

印度

馬額馬呵
用你的袈裟包裹著初生的嬰兒
用你的胸懷作他們暖暖的芬芳的搖籃
使那些嫩嫩的小手觸到你崢嶸的前額
以及你細草般莊嚴的鬍髭
讓他們在哭聲中呼喊著馬額馬呵

令他們擺脫那子宮般的黑暗，馬額馬呵
以溼潤的頭髮昂向喜馬拉雅峰頂的晴空
看到那太陽像宇宙大腦的一點燐火
自孟加拉幽冷的海灣上升
看到珈藍鳥在寺院
看到火雞在女郎們汲水的井湄
讓他們用小手在襁褓中畫著馬額馬呵

馬額馬，讓他們像小白樺一般的長大
在他們美麗的眼睫下放上很多春天
給他們櫻草花，使他們嗅到鬱鬱的泥香
落下柿子自那柿子樹
落下蘋果自那蘋果樹
一如從你心中落下眾多的祝福
讓他們在吠陀經上找到馬額馬呵

馬額馬呵，靜默日來了

讓他們到草原去，給他們神聖的飢餓
讓他們到暗室裡，給他們紡錘去紡織自己的衣裳
到象背上去，去奏那牧笛，奏你光輝的昔日
到倉房去，睡在麥子上感覺收穫的香味
到恆河去，去呼喚南風餵飽蝴蝶帆
馬額馬呵，靜默日是你的
讓他們到遠方去，留下印度，靜默日和你

夏天來了呵，馬額馬
你的袍影在菩提樹下遊戲
印度的太陽是你的大香爐
印度的草野是你的大蒲團
你心裡有很多梵，很多涅槃
很多曲調，很多聲響
讓他們在羅摩耶那的長卷中寫上馬額馬呵
楊柳們流了很多汁液，果子們亦已成熟

讓他們感覺到愛情，那小小的苦痛
馬額馬呵，以你的歌作姑娘們花嫁的面幕
藏起一對美麗的青杏，在綴滿金銀花的髮髻
並且圍起野火，誦經，行七步禮
當夜晚以檳榔塗她們的雙唇
鳳仙花汁擦紅她們的足趾
以雪色乳汁沐浴她們花一般的身體
馬額馬呵，願你陪新娘坐在轎子裡

衰老的年月你也要來呵，馬額馬
當那乘涼的響尾蛇在他們的墓碑旁
哭泣一支跌碎的魔笛
白孔雀們都靜靜地夭亡了
恆河也將閃著古銅色的淚光
他們將像今春開過的花朵，今夏唱過的歌鳥
把嚴冬，化為一片可怕的寧靜
在圓寂中也思念著馬額馬呵

註：印人稱甘地為馬額馬，意為「印度的大靈魂」。

鑑評

瘂弦，本名王慶麟，河南南陽人，一九三二年生。中學以前的教育在家鄉完成，一九四九年隨軍來台，一九五四年畢業於政治作戰學校影劇系；一九六六年九月應邀到美國愛荷華大學「國際作家工作坊」訪問兩年；一九七七年八月，獲美國威斯康辛大學東亞研究所碩士。曾任《幼獅文藝》月刊主編、幼獅公司期刊部總編輯、華欣文化事業公司總編輯、《聯合報》副總編輯兼副刊主任、《聯合文學》月刊社長，《創世紀》詩刊發行人。瘂弦歷年來曾擔任藝術專科學校、文化大學、東吳大學、中興大學講師、靜宜大學副教授等。著有詩集《瘂弦詩集》、《如歌的行板》等，詩評論集《中國新詩研究》。

瘂弦，詩壇中的謙謙君子，有儒者之風，不論走到哪裡，站在何處，都是臨風的玉樹。

以八十七首詩風靡詩界，瘂弦的第一首詩是〈我是一首靜美的小花朵〉，發表於一九五四年二月出版的《現代詩》第五期，最後一首是〈復活節〉（即〈德惠街〉），發表於《創世紀》二十二期，一九六五年六月出版。整整十二年，瘂弦發表這八十七首詩，已足夠讓他留名詩史。瘂弦的詩集最早以《瘂弦詩抄》之名出版，經過幾度增、補、易名，最後的定本是《瘂弦詩集》，以一部詩集而享盛名於不墜，瘂弦詩作的魅力可見一斑。

一九七七年出版的《中國當代十大詩人選集》，對瘂弦的作品有這樣的贊語：「瘂弦的詩有其戲劇性，也有其思想性，有其鄉土性，也有其世界性，有其生之為生的詮釋，也有其死之為死的哲學，甜是他的語言，苦是他的精神，他是既矛盾又和諧的統一體。他透過完美而獨特的意象，把詩轉化為一支溫柔而具震撼力的戀歌。」

此一贊語，具體而微，貼切地含括了瘂弦外在的意象聲色之美，與內在的哲思圓轉之妙。〈給橋〉與〈印度〉二詩是瘂弦「情」與「思」的最佳代表作，〈給橋〉是一首戀歌，和婉柔約的調子輕輕貫串全詩，瘂弦不在「你」與「我」之間落實寫事象，而在周遭環境裡釀造氛圍，預留著許多他人、日後可以想像的空間。

在瘂弦諸多詩作中，可以讓人讀後有暖流貫穿全身、深深受到感動的詩，白靈以為要以〈印度〉這首詩為最有力。白靈在賞析中指出：「這首詩寫的其實不只是印度的聖雄甘地，他寫的是人類聖哲的典型，他寫的絕非一個政治家、革命者，而更像是一位人類心靈的導師。」此詩中有兩條主線：春夏秋冬的遞嬗，生長嫁死的輪迴；三條支線：印度的特殊景觀、宗教氣氛、甘地的精神象徵。一情一景，一意一象，虛實相生，天人相應，令人不期然而有悲天憫人的胸懷。（白靈的分析，詳見《詩儒的創造——瘂弦詩作評論集》，一九九四年，文史哲出版社出版。）

〈坤伶〉的人物特寫，〈鹽〉的現實關懷，都充滿了北方風情，戲劇張力，〈如歌的行板〉則有音樂之美與無可如何之中的聊堪告慰之情，同為瘂弦真精神的呈現！

碧　果（一九三二——）

人的角色

（都是　凡人。）

裝扮那張木靠椅的是一件被汗水浸過的發
出酸臭氣味的花格長袖的且捲成短袖的襯
衫，和一條厚如皮革的壞了拉鍊的顏色發
白了的藍色的牛仔褲，
不是
悲劇。也不是
喜劇
所能完成的一種　演出

就住下去吧
頭破血流的　日子
由四面八方的　翻騰著
鋪天蓋地的
壓了下來
過去的
現在的
未來的
只有最後的一個角色我們扮演的最為成功
那位
牛頭馬面雞頸猴胸魚腹龜背豬臀狗腿狐尾
　鷹爪熊掌的
自以為是的
說黑也會黑的，說白也會白的
人的
角色
這是誰也沒有想到的事

其實也無需太傷心
到站了
就下車吧
劇情
依然
繼續著
煩
人。

（都是　凡人。）

鑑評

碧果，本名姜海洲，河北永清人，一九三二年九月二十二日生，從事文學與藝術創作三十多年，詩、散文、小說、歌劇、荒謬劇、現代畫、插畫，都曾涉入，現代詩創作尤為精工，「創世紀」詩社同仁，著有詩集《秋．看這個人》、《碧果自選集》、《碧果人生》、《一個心跳的午後》、《肉身意識》、《詩是屬於夏娃的：碧果詩集》、《驀然發現：碧果詩集》等。

「早年，他一開始進入詩壇，即以獨立特行秋風掃落葉的姿勢，呼嘯而來。由他雕刻的語言，不僅充滿保羅．克利的奇想，也充滿米羅稚拙的情趣，更充滿E．E．康敏斯那樣把語言肢解的玄思。」這是張默為碧果《一個心跳的午後》作序時的回憶，早期的碧果是一位眾所公認的「困難」詩人，張漢良認為「他的困難在於獨特的用語習慣，亦即其『個人私語』與『社會公語』之間有強烈的傾軋。」（見《碧果人生》序）。因而，曾有論者在九〇年代時相信碧果六〇年代、七〇年代的詩語言可能是台灣「後現代主義」的先驅。不過，一九九一年以後，碧果卻一反他往昔只勾勒骨架的習慣，添枝加葉，增血補肉，寫作了一系列情詩，結集為《一個心跳的午後》，引起另一番讚嘆。或許，正如張默在此集之〈序〉中所說：

> 碧果，一個怪傑，一個新視覺的塑造者，一個詩藝術的工程師，一個攀登語言峰頂的年輕老叟，一個喜歡對著夢中情人喃喃獨白的行者。

〈人的角色〉是碧果一九八二年的作品，還留著一些早期的餘習：如首尾重複的（都是凡人），在一九七〇以前常常採用這種模式；如句子長就長到二十字以上、短則短到一字兩字；如一再層疊「的」字，展延時間也展延空間；如此獨特的寫詩方式，在八〇年代，讀者已習以為常，碧果又能以人的角色如何定位，貫串了一生的無奈，讀者掌握此詩意涵，毫無隔礙！最後還以「煩人」、「凡人」的同音趣味，作了小結，竟然也可以令人莞爾。

辛　鬱（一九三三——二〇一五）

豹

一匹
豹　在曠野之極
蹲著
不知為什麼

許多花　香
許多樹　綠
蒼穹開放
涵容一切
這曾嘯過

　　掠食過的
豹　不知什麼是香著的花
或什麼是綠著的樹

不知為什麼的
蹲著　一匹豹
　　蒼穹默默
　花樹寂寂

曠野
消　失

順興茶館所見

坐落在中華路一側
這茶館的三十個座位

一個挨一個
不知道寂寞何物

而他是知道的

準十時他來報到
坐在靠邊的硬木椅上
濃濃的龍井一杯
卻難解昨夜酒意

醬油瓜子落花生
外加長壽兩包
——他是知道的
這就是他的一切

不　尚有那少年豪情
溢出在霜壓風欺的臉上

偶或橫眉為劍
一聲厲叱　招來些落塵

他是知道的　寂寞是
時過午夜
這茶館的三十個座位
一個挨一個

訪嚴子陵釣台有歌

我獨坐釣台
擺姿勢　讓各式鏡頭
自八方幽冥四面淨土
攝捕我　忽而捶胸忽而頓足
忽而悲忽而喜
忽而怒忽而怨

忽而哭忽而笑　忽而
走出了肉身的我的原形
來同子陵先生對弈一局世道的淒迷
對飲一樽人間的寒慄

匡復無期
我的一隻眼睛忽忽飛閃
躲過了五光十色
卻躲不過迎面而來的
妖嬈的花麗
吳儂軟語中我又一次跌倒
在宮牆之外
市井唱起官衙的炎涼
我若有所聞卻無力挽弓
射落那小小一片陰翳

啊子陵先生

且讓我隨你涉水而去
潛入蒼茫
且讓我們脫盡濁世的
衣裳
裸裎相對
去尋江流的源頭
在粼粼聲中
試唱一曲
大風起兮雲飛揚

可是我　子陵先生
我怎能追及
在時間甬道　我怎能
牽住你飄飛的長髯
將一滴蘊蓄了千年的淚
血色的淚呀　輕輕地
輕輕地　輕輕滴落

子陵先生　此刻我欲借月光
洗清我一張
多血筋的臉

而今夕風緊雨急
船桅颼颼如萬箭齊發
這帶怒的箭
會是歷史的步聲嗎
啊子陵先生
我獨坐釣台撫碑而歌
一聲聲一句句
切割波浪的起伏
分合之際
猶有山水的阻絕

・嚴子陵釣台位於浙江富春江畔，景色秀麗。釣台有碑，記嚴子陵事蹟。嚴先生為東漢時我鄉（浙江慈谿）先賢，原名光，因其一生多次拒絕王莽邀請為官，復於劉秀建立東漢王朝後避官隱居，而得到北宋名臣范仲淹敬仰，為之建祠立碑，築子陵釣台，頌為「雲山蒼蒼，江水泱泱，先生之風，山高水長」。今年十月，凡夫俗子的我，二訪嚴子陵釣台，感於身處時代之變幻，不勝愴然，乃有此作。

鑑評

辛鬱，本名宓世森，浙江慈谿人，一九三三年六月十三日生於杭州，從小生長在外婆家，七歲才與父母共處，並到上海讀書，十五歲離家，一九五〇年來台，在陸軍服役凡廿一載，一九六九年退役。

早年曾參加《現代派》，主持「十月」出版社，參與《人與社會》雜誌之編務，曾為《創世紀》詩社同仁，《科學月刊》社務委員，科學出版基金會執行祕書，國軍詩歌研究會召集人。著有詩集《軍曹手紀》、《辛鬱自選集》、《豹》、《因海之死》、《在那張冷臉背後》及小說、雜文集多種。

辛鬱寫作年代甚長，始於五〇年代初期，當時他也頗受西方現代文藝思潮的影響，他的表現論不是波特萊爾式的，而是卡繆式的。但他自〈同溫層〉以降的許多詩作，則以切入現實、剖析生命、關懷周遭為最大職志。洛夫曾在《豹》集序言中指出：「對於『自我』形象的塑造，以及對『自我』的省思，辛鬱可能較其他詩人更為突出，他追求的不只是彰顯『自我』，而是超越『自我』。他曾說：我一直認為文學藝術之可貴，在於作家鍥而不捨地對自己生命的發掘，而達致自我生命的昇華。」而詩人一連串的自傳體詩，如〈青色平原上的一個人〉（一九六二）、〈自己的寫照〉（一九七二）、〈演出的我〉（六齣，一九七四—七六）、〈石頭人語〉（一九八三）、〈紅塵〉、〈體內的碑石〉（一九八七）等，無不蘊含直接或間接的觀照方式來表現「自我」，將「我」融入自然之中，以達到物我一體的境界。有人曾以「冷冽、犀利、沉鬱」六字來剖析辛鬱的詩風，大體尚稱允當。

〈豹〉成於一九七二年，〈順興茶館所見〉成於一九七七年。前者寫「孤獨」，是詩人自主的全然設想；後者寫「寂寞」，是客體的實際觀察。商禽認為他的〈豹〉沒有衝突存在，沒有被限制的感覺，與里爾克的〈豹〉全然不同，這是兩種不同文化背景所產生的詩，值得愛詩的人留意。商禽同時剖白〈順興茶館所見〉，是作者真正表現了「人性上」的冷，而非「玄學上」的冷，確是抓住了本詩的神髓。

〈訪嚴子陵釣台有歌〉成於一九九四歲末，作者的視境、器宇、語言、結構與前二首確是不同。本詩所展示的抒情敘述風格與深沉的歷史感，至為突出，作者借景緬懷古人，情懇意切，復把「自我」融入其中，第四節尤其溫婉悱惻，感人良深。世居杭州的青年詩人李郁蔥曾撰文讚譽本詩：「既有對人世的洞悉，又執著於生命的張揚」（ 見辛鬱詩集《在那張冷臉背後》一九九五年五月爾雅版），可謂相當深刻、難得的詮釋。

鄭愁予（一九三三——）

天窗

每夜，星子們都來我的屋瓦上汲水
我在井底仰臥著，好深的井啊。

自從有了天窗
就像親手揭開覆身的冰雪
——我是北地忍不住的春天

星子們都美麗，分占了循環著的七個夜，
而那南方的藍色的小星呢？

源自春泉的水已在四壁間蕩著
那叮叮有聲的陶瓶還未垂下來。

啊，星子們都美麗
而在夢中也響著的，祗有一個名字
那名字，自在得如流水……

雨說
——為生活在中國大地上的兒童而歌

（雨說：四月已在大地上等待久了……）
等待久了的田圃跟牧場
等待久了的魚塘和小溪
當田圃冷凍了一冬禁錮著種子
牧場枯黃失去牛羊的蹤跡

當魚塘寒淺留滯著游魚
小溪漸漸病啞歌不成調子
雨說，我來了，我來探訪四月的大地

我來了，我走得很輕，而且溫聲細語地
我的愛心像絲縷那樣把天地織在一起
我呼喚每一個孩子的乳名又甜又準
我來了，雷電不喧嚷，風也不擁擠

當我臨近的時候你們也許知悉了
可別打開油傘將我抗拒
別關起你的門窗，放下你的簾子
別忙著披蓑衣，急著戴斗笠

雨說：我是到大地上來親近你們的
我是四月的客人帶來春的洗禮
為什麼不揚起你的臉讓我親一親

為什麼不跟著我走，踩著我腳步的拍子？
跟著我去踩田圃的泥土將潤如油膏
去看牧場就要抽發忍冬的新苗
繞著池塘跟跳躍的魚兒說聲好
去聽聽溪水練習新編的洗衣謠

雨說：我來了，我來的地方很遙遠
那兒山峰聳立，白雲滿天
我也曾是孩子和你們一樣地愛玩
可是，我是幸運的
我是在白雲的襁褓中笑著長大的

第一樣事兒，我要教你們勇敢地笑啊
君不見，柳條兒見了我笑彎了腰啊
石獅子見了我笑出了淚啊
小燕子見了我笑斜了翅膀啊

第二樣事，我還是要教你們勇敢地笑
那旗子見了我笑的嘩啦啦地響
只要旗子笑，春天的聲音就有了
只要你們笑，大地的希望就有了

雨說，我來了，我來了就不再回去
當你們自由地笑了，我就快樂地安息
有一天，你們吃著蘋果擦著嘴
要記著，你們嘴裡的那份甜呀，就是我祝福的心意

苦力長城

晨起　太陽未現
以致天地異樣廣闊
長城像一個擔伕擔著群山
從地平線上彳亍走來

風　凍結成樹
羊隻裂成衰草
孤煙是不傳的聲響
長城歇下擔子不再前進
群山綿連如花邊
雪鋪如氈流沙凝固

午間　飛旋細小的鷹隼
天地又不斷齟齬
樹又還原為搖擺的風
衰草又聚成羊隻
孤煙仍是孤煙
流沙又是河水
雪花飄進河水　消溶
多少誤投的信
淒涼至此

已無所謂平安與否

長城——
躺在氈上的苦力
明天仍挑同樣的擔子

VACLAVSKE廣場之永恆[1]

我穿越馬門　然聽見古代馬市的
嘶鳴聲　佇足　風滿懷袖
吐納之際我的軀幹亦隨之宏大
躋身於西聖群像中的東方人[2]
心懷異樣的虔敬
俄頃　大雨驟至　如
一群又一群勝陣的驚馬遊奔滿場
直到……

雨歇了　雷霆遠得就像
戰鼓　市民匆匆走出屋簷
在迷濛的鼓聲中引火禱念
鮮花的丘陵　蠟燭的山[3]
是不允許就此冷滅的
啊　國殤　是一日不能廢祭的
在矩形的聖・文徹斯萊廣場
在諸聖直矗的雕像下
在文藝復興與政治權柄的兩大建築間[4]
鮮花的丘陵　蠟燭的山
其上　供著並不大的一圈照片
一圈年輕捷克人堅毅的臉
面對全世界定定地照著
廣場（雨水曾把血漬洗掉）
市民引火　蠟燭開始燃燒
（蠟燭啊　為脫卻形體　以燃燒取自由？）
市民禱念　花朵完成開放

（花朵啊　為摒除色相　取自由以凋謝？）
而烈士們　趁著春天　選擇兵解
神　便是這般封成的　那麼自由的經義
　不是獻身又是什麼？
直至……
風停了　布拉格市民呼應地歡唱
春天的熱源　不是來自天外
是每一粒種籽從心中釋出久藏的溫暖
此際我這外邦人
默立　衫袖下垂　如一支失神的蠟燭
而火　向內燒去……
卻灼痛地想起　清冷的黃花崗
森羅悽厲的天安門
想著連上墳也要偷著飲泣的北京市民
亦如蠟燭向內燒去……
五臟啊　將永生消化這火燙的淚水？

——一九九〇年六月

附註：1. VACLAVSKE NAMĚSTI英文是St. Wenceslas Square，古代名馬市，上方則名馬門，近數十年多次起義事件發生於此，著名的有一九四五年的「五月人民起義」及一九六八年的「布拉格之春」。

2. 廣場首處有聖．文徹斯萊銅像，稍前方有St. Ludmilo, St. Procopius，後側有St. Agnes和St. Adolbert等基督教聖者的銅像。

3. 廣場中心有一小型花圃式的國觴祭壇，供著「布拉格之春」殉難者的靈位。

4. 銅像背後便是君臨廣場的國家博物院及圖書館，為一龐然的文藝復興式建築，另一側則是巨大的捷克與斯拉伐克聯邦議會，為最高的政治機構。

寂寞的人坐著看花

——東台灣小品之一

山巔之月
矜持坐姿

擁懷天地的人
有簡單的寂寞

而今夜又是
花月滿眼
從太魯閣的風簷[1]
展角看去
　雪花合歡在稜線[2]
花蓮立霧於溪口[3]
谷圈雲壤如初耕的園圃
坐看峰巒盡是花
則整列的中央山脈
是粗枝大葉的

附註：1. 太魯閣為台灣原住民語音譯，峭壁直矗數百尺，如風簷懸空。

2. 合歡啞口為台灣中橫公路最高點，其上為大雪場。
3. 立霧溪流經太魯閣峽谷，至花蓮入海。

鑑評

鄭愁予，原名文韜，祖籍河北，一九三三年生，童年遷徙於大江南北，山川文物既入秉異之懷乃成跌盪宛轉之詩篇。作者在新竹長大，畢業於中興大學，曾在基隆港口工作多年，台灣的風物情感塑造他的藝術背景，襯托廣大中國的局面。而後取得美國愛荷華大學藝術碩士，大眾傳播博士班研究，曾任教於耶魯大學。著有詩集《夢土上》、《窗外的女奴》、《衣鉢》、《燕人行》、《雪的可能》、《鄭愁予詩集》、《刺繡的歌謠》、《寂寞的人坐著看花》、《大冰雕的消融》、《夢土上》等。一九九五年獲國家文藝獎新詩獎。

鄭愁予的詩齡甚長，一九四八年即曾在《武漢時報》發表處女詩作，一九四九年自印詩集《草鞋與筏子》，來台後，最先為人傳誦的〈從晨星到雪線〉一輯七首，初刊《現代詩》第五期，時為一九五四年二月，以後每期《現代詩》都有他華美動人的詩篇。一九六一年一月有名的《六十年代詩選》出版，收錄他十餘首作品，卷前瘂弦的小評有極栩栩傳神的詮釋：「鄭愁予的名字是寫在雲上。他那飄逸而又矜持的韻緻，夢幻而又明麗的詩想，溫柔的旋律，纏綿的節奏，與夫貴族的、東方風的、淡淡的哀愁的調子，這一切造成一種魅力，一種雲一般的魅力；這一切造成一種影響，一種巨大的不可抗拒的影響；這一切造成我們這個詩壇的『美麗的騷動』。」

一九六七年〈衣鉢〉等詩寫成後，鄭愁予赴美進入愛荷華大學詩創作班，以致未以中文發表詩作，被視為突然停筆，楊牧在〈鄭愁予傳奇〉一文中也徒感納悶而無從解釋。但他卻豁然肯定：「鄭愁予是中國的中國詩人，用良好的中國文字寫作，形象準確，聲籟華美，而且是絕對地現代的」。八、九年之後，七十年代末期，愁予復出，詩風迭有變化，他嘗試多種可能性創製堅實新穎的詩聲。而晚近出版的《寂寞的人坐著看花》，則又隱然透現一種不經意的禪趣。

四十多年來，鄭愁予的筆觸，既有塞北江南的寓意，也有海外異域的采風，更有台灣鄉土的情懷，而他眷愛的好山好水，一直都悠遊於作者廣大浩瀚的心室，詩人是通過抒寫小我之情，捕捉大我之情，而進入無我之情的至高境界。

本書收入他的作品五首，〈天窗〉體現了抒情詩的極致，意象迸裂於星子與屋瓦之間，及至一聲輕呼「我是北地忍不住的春天」，而使全詩玄妙親切的感覺達於頂點。〈雨說〉，則節奏輕盈，文字流麗，想像繁富，比喻生動而寓意深刻，被收入香港中學教科書。〈寂寞的人坐著看花〉，係愁予晚近進入澄明圓融之期的佳作，又依古法將地名的音義嵌入句中，直接呈現鄉土之美，其警句「擁懷天地的人，有簡單的寂寞」，是對生命的悟境。至於〈VACLAVSKE廣場之永恆〉則由布拉格的春天想到清冷的黃花崗、森羅悽厲的天安門，心中灼痛，有如蠟燭向內燒去。什麼時候中國人的心中才能釋出久藏的溫暖？詩人這樣焦灼，我們這樣自省。

秀陶（一九三四——）

雪

之一

下雪天最大的壞處是所有的朋友都顯得更其遙遠了，其他的也都還在其次

下雪天最大的好處是深深的一步一個處女，一步一個歷史，過癮透了，其他的也都還在其次

最美的是紛紛然正下的時候，而且還有來了來了的那種熱鬧感，最醜的是下停了幾天之後，到處黑不黑白不白的如五十歲的頭顱，這醜頭也都還在其次，只是那一種清冷教人受不了

之二

足足劇烈地勞作了五分鐘才將車門邊的積雪鏟開。喘息著鑽進車內，打著了火，冬日有光無熱的太陽，穿不透密封的雪層，卻也將車內映得四處通亮，於是坐在巨大的燈泡內我便也鎢絲樣地發起光來

鑑評

秀陶，姓鄭，湖北鄂城人，一九三四年生，台灣大學商學系畢業，一九五六年一月，「現代派」在台北創立，他也是第一批加盟者八十三人中之一，曾在《現代詩》、《文藝新潮》、《創世紀》、《藍星》等刊物上發表不少風格獨特的詩篇。一九六六年前後，秀陶隻身赴越南打天下，和吳望堯過從甚密，越南失陷後，他轉往美國闖蕩，由於經商，曾經停止寫作十餘年，但因詩心未泯，而於一九八四年左右復出，詩風依舊，而其視野則更為廣闊。著有詩集《死與美》、《一杯熱茶的工夫》、《會飛的手：秀陶詩選》等。

早期，秀陶以散文詩名震詩壇，他和商禽可以說是互為經緯，各有創見。他的名詩〈白色的衝刺〉更是被很多詩友傳誦一時，獲得極高的評價。曾被選入《六十年代詩選》，全詩給予人撞擊的力量，真是難以描述。或許愛倫坡的話：「我所寫的恐怖，不是德國的，而是靈魂的」，可以用來形容作者某些精神和情感的狀貌。

採一個開跑的姿勢，揚臂，向他衝去
而牆是白的，白得如我一樣強烈

這首詩的結尾，相信不少詩友都能脫口而出。秀陶散文詩的優點，在於他慣常以平白的語言，表現某些不平凡的意念，使人讀後深受撞擊與感動。一九八五年十一月廿日，秀陶曾有一組命名為〈腳板輯〉的詩四首，發表在《中國時報》「人間」副刊，另附商禽的短評〈死不透的詩人——秀陶〉，讀著〈腳板輯〉，再回顧其早期詩作，似乎感到他驅策文字的功力大有精進，而詩的境界也更趨明澈。

〈雪〉是他復出後的力作，初刊於一九八七年五月二日《聯合副刊》，作者仍喜取材自身邊日常瑣事，以抒寫「下雪」與「剷雪」的感受為主旨。前者以第二節的景象為最冷冽，好一個〈深深的一步一個處女〉；後者以末句為最突出〈坐在巨大的燈泡內我便也鎢絲樣地發起光來〉，本詩用語淺白，但意象卻極突出駭人。

沈臨彬（一九三六——）

黑髮男子

飄著你的黑髮你的桂花你的檣帆
在金黃色的夕暮
千帆中黑髮的你啊

他含笑而亡，瘡口在蘋果樹的這邊
虎列拉從香椿與金針菜的背後
走進母親的哭聲裡
那年整棵樹衹舉著一隻果子

太陽節
我們的瞳孔撚白而且透明

且以薔薇色的骨盤揭示門第
花朝陷落而眾海翻滾
一隻青鳥騰起復被地平線攔截
帆在無風的水中揚起

沒有星辰而又清明的
失去距離而又遼夐的

當海翻過曬麥場擲給你一群爆玉米
她倒過來的恣容就是那盞將燼的蠟炬

美麗得憂鬱

一瓣橘子吊在蜥蜴色的夜裡
窗玻璃上的十七歲

推門而去，他昨夜的慍怒

是龍柏撲倒在廊下的影子
那晚月亮把最後的乳汁擠在睡得很甜的
村落的脊梁上
然後背轉臉哭了起來

她整晚沒有停嘴
把土塑的面具網成一個繭

默想日
一個女子從他的右眼走到左眼
他難過一陣子
然後看到一簇聖誕紅火刑一朵芻菊

海是木篩子，母親是垂下的眼皮
雪地上的落日是她睡去的裸體

那年啊：當你的帆變成黑色
眼眶裡奔出星子，白燭濺淚
在最後的呼喚裡你閃爍的目光竟是石造的

讓白色的肉在膨脹中逼出蓓蕾
七世紀之後你終於來到窗前
湍然是你的深崖，悠悠是風過之髮
千帆中黑髮的你啊

重門猛響而迴廊寂然
五湖啊：在古老的青石道上
那掀開檀扇的素手曾也是你的

當落日熏焦僅存的天色
他以鐵砧鑄日
一聲淒啼遂瘡口般揭開

劍在腹中而血槽裡奔流著黑水
奔流啊，當太陽曬黑了歲月
歲月又癟乾少女的雙乳

那是削髮前的遺物
窗玻璃上的十七歲
千帆中黑髮的你啊

鑑評

沈臨彬，江蘇吳縣人，一九三六年一月十九日生，政治作戰學校藝術系畢業，分發海軍服務多年。曾參加「創世紀」詩社，並為「奔雨畫會」創始人之一。歷任華欣文化中心主編，《愛的世界》雜誌副總編輯，此後一直於中國時報擔任美術編輯至退休。著有詩、散文合集《泰瑪手記》、《方壺漁夫》、《青髮或者花臉》（詩畫合集）及《四重奏》（詩合集）等。

沈臨彬最早的興趣是畫圖，中學時代看了一些泰戈爾的詩，在復興崗藝術系讀書時，與王愷、隱地等同窗，讀了香港版的《瘂弦詩抄》，才開始寫詩，他自稱瘂弦的作品為其詩生命的點燃起點。一九六四年六月，《創世紀》第二十期首次刊出他的詩作〈泰瑪〉，對他的鼓勵極大，接著〈哀東吳〉、〈浮蘭德〉、〈黑髮男子〉……次第在該刊陸續刊出，令人為其驚駭的風景而讚嘆。一九六七年九月大業版的《七十年代詩選》對沈臨彬有如下的素描：「這位高大、溫婉而目閃異色的詩人，瀰漫著古希臘剛毅的悲劇精神，在他詩中的一草一木，一人一物，不是一味的追求原有價值或表現某些存在意識，而是透過一種近乎死亡的眼神，在彌留時刻對冥冥中事物的牽念。祇有永遠失去的東西，在他心裡才變為永恆。」……

我們細心檢視沈臨彬的詩，他的每一句話，每一個字，甚至是逗點，驚嘆號，自會燦然發現，他是十分放浪不羈的，也是十分謹慎精緻的。而他所捕捉的，不論是「水紅菱裡」的〈蘇州〉，或是「劍在腹中」的〈黑髮男子〉，不論是「忽然老去」的〈青史〉，或是「幢影深垂」的〈剪紙的天空〉，不論是「輓歌陣陣」的〈荻花〉，或是「千愁如雨」的〈第七日的廊〉……作者的筆鋒看似時時放過，實則是刻刻進逼，在詩人的眼裡，永遠是眾鳥驚飛；在詩人的胸中，永遠是萬物勃發；在詩人的心靈，永遠是情竇初開。一言以蔽之，沈臨彬詩中的「情」占第一，其次是「意」，其三是「趣」。若干年前，有人暗喻他是「一尊悠然的石刻」。這位致力「古代的追求者」，對詩、對文學的執著，你能不暗暗為之擊掌？

〈黑髮男子〉，為沈臨彬的代表作之一，凸顯剛健、傲骨的男性意象，本詩充滿繽紛的奇想，充滿瑰麗的色彩，充滿淒惻的呼喊，充滿婉曲的語言，實則就是一尊為情「自焚」、為愛「削髮」的作者自畫像。

嗨！嗨！好一個「千帆中黑髮的你啊」。

非馬（一九三六——）

電視

一個手指頭
輕輕便能關掉的
世界

卻關不掉

逐漸暗淡的螢光幕上
一粒仇恨的火種
驟然引發熊熊的戰火
燒過中東
燒過越南

燒過每一張
焦灼的臉

蛇

出了伊甸園
再直的路
也走得曲折蜿蜒
艱難痛苦

偶爾也會停下來
昂首
對著無止無盡的救贖之路
嗤嗤
吐幾下舌頭

鑑評

非馬，本名馬為義，廣東潮陽人，一九三六年生，在台中市長大，就讀台北工專機械科開始用「馬石」筆名寫詩，畢業後到屏東糖廠工作。一九六一年秋赴美留學，獲馬開大學機械工程碩士及威斯康辛大學核工博士，曾任職於美國阿岡國家研究所，從事核能研究發電工作。作者為笠詩社同仁，曾獲吳濁流新詩獎及笠詩社翻譯獎。著有詩集《在風城》、《非馬詩選》、《白馬集》、《篤篤有聲的馬蹄》、《路》、《飛吧！精靈》、《沒有非結不可的果》、《不為死貓寫悼歌》等。另有翻譯編選等多種。

非馬創作年代甚久，早期詩作多發表於《藍星》、《現代詩》、《現代文學》，留美後學有所成，重新執筆寫詩，即以《笠》為發表個人詩作的大本營，同時兼及翻譯歐美詩人的名作。他的詩慣以平實的語言、濃縮的短句和富於張力的意象，十分機智地表現對現實社會的關切和批判。作者對人性的觀察以及富有同情心，不時在詩作中不露痕跡地呈示，給予詩讀者留下頗為深刻的印象。李魁堅在介紹「台灣戰後成長的一代」指出：「非馬對詩質的把握和他的技術專長有關，最小的物質（原子核）蘊藏最大的能量（核能），所以，他的詩大多短小精幹，張力飽滿」。筆者以為李氏這一觀察十分深刻得體。而非馬對詩的要求如社會性、新奇性、象徵性和精確性，綜觀他三十多年來的創作，大體是以上述四者作為個人創作的準則。短詩重在密度和精確的表達，〈電視〉和〈蛇〉為非馬小品中的小品，前者一開頭多麼氣派，「一個手指頭輕輕便能關掉世界」，可是接下去卻是一百八十度的大轉彎，你能關掉戰爭所引發的仇恨的火種嗎？最後赫然浮現全世界每一張焦灼的臉，於是從容落幕，而它留給讀者的卻是驚心動魄的影像，久久揮之不去。〈蛇〉則是另一種趣味的呈露，以蛇的蜿蜒寓示人生之路的曲折，最後「嗤嗤吐幾下舌頭」的輕俏與幽默，怎能不令有心人燦然相視一笑。

梅 新（一九三七——一九九七）

風 景

不成風景不入山
入山成風景
握住一山性向奔瀉如瀑布
是風景
我以漲潮繫住秋月
我不風景誰風景
昨日黃昏謁風景
今日黃昏謁風景
發現自己更風景
立也風景臥也風景
現在我正淋著黃梅雨

而明日入山的那位
跛腳僧
是我唯一的遊客

口信

帶個口信給我母親
說我經過一場哀天慟地的哭泣之後
我經常懸著兩道鼻涕
擦得兩袖全是汙垢的臉
現在已顯得十分清爽光鮮
常露在嘴角的微笑
正是她初嫁到我家的那個樣子
最使她感到高興的
該是
我留言，或是

有人請我簽名留念的時候
我拿筆的姿勢
仍然保持她
握著我的手
要我隨著她手的移動而移動的那個樣子
一點，點得好高
一直，直得好穩
一捺，捺出了格
請告訴她
以後母親的碑
一定要我自己替她寫
替她刻
用她自己教我的那個手勢
請帶個口信給我母親
我回去的時候
請她還是
倚在門口等我

我剛進入村子
就聽見她在叫我
全村子的人
都聽見她在叫我

鑑評

梅新，本名章益新，一九三七年十二月二十三日生，浙江縉雲人，文化大學新聞系畢業。曾參加紀弦「現代派」、「詩宗社」、「創世紀」詩社。曾任《聯合報》編輯、《台灣時報》副刊主編、正中書局編審組長、《國文天地》雜誌社社長、《中央日報》副總編輯兼副刊主編、《現代詩》季刊策畫人。著有詩集《再生的樹》、《椅子》、《梅新自選集》、《家鄉的女人》等。

「作為詩人，梅新的生命中有著足夠的強韌，只是他在有意的規避某些現象的入侵。因此，他的詩的境界不能說開闊。他沒有瘂弦那樣意圖擁抱世界的豪興，也沒有商禽那種頂著天踏著地一往直前不斷追索的精神。他是一個在生活上極單純而思想上極複雜的人，他的詩雖然並不完全從生活中茁長，但是他個人的生活，仍是他詩的基石。」（見一九六九年《七十年代詩選》）

關於梅新的詩理路，游喚認為他維持著三進程：

一、《再生的樹》：為了在真實（reality）與實體（body）之間捕捉詩的影子，梅新不得不採用描述手法給予詩化之演出。

二、《椅子》：梅新對真實與實體的認識，開始進深，有著「去相似性」的緊張。……梅新調整描述型的觀物方式，改用短句與單一意象之集中，將詩之現實表現出來。

三、《家鄉的女人》：極少長句，極少複雜意象，極少描述。繁華落盡，文本獨存。……用敘事取代描述，用斷斷續續的「事件」組構文本。（見《台灣詩學季刊》第七期游喚論文〈文化詩學論梅新〉）。

梅新認為「詩人應該多親近表層冷峻無詩，內裡情多堅貞的事物。」（見《家鄉的女人》一一八頁）因此，他的詩取材，雖自生活苦樂來，卻有異於其他詩人的角度；他的詩表現，雖自生活語言來，卻有異於鄉土詩人的平白；他的詩情感，雖自生活現象來，卻有異於抒情詩人的浮誇、浪漫。梅新去肉存骨，削繁從簡，成為現在我們所感知的面貌。

關於〈風景〉這首詩，顏元叔有專文討論，附在《再生的樹》之後，他認為「風景」象徵梅新自己的詩，「山」象徵詩的一般至高境界。梅新對自己的期許（或已有成就）的估價，是相當「霸氣的」。顏元叔指的霸氣詩句就是「我不風景誰風景」，但詩之最後「明日入山的那位跛腳僧，是我唯一的遊客」也顯示了他的霸氣其實是一種孤芳自賞。

〈口信〉寫母子情深，在梅新詩中常有此類型之作品出現，情至真時，總會有些狂顛之語，此詩中渴望母親仍是倚閭而望之詩句，就有此種非理而妙之境。

白　萩（一九三七——）

流浪者

望著遠方的雲的一株絲杉
望著雲的一株絲杉
一株絲杉
絲杉
在
地
平
線
上
一株絲杉
在

地平線上

他的影子，細小。他的影子，細小
他已忘卻了他的名字。忘卻了他的名字。祇
站著。
祇站著。孤獨
地站著。站著。站著
站著
向東方。
孤單的一株絲杉。

雁

我們仍然活著。仍然要飛行
在無邊際的天空
地平線長久在遠處退縮地引逗著我們
活著。不斷地追逐
感覺它已接近而抬眼還是那麼遠離

天空還是我們祖先飛過的天空。
廣大虛無如一句不變的叮嚀
我們還是如祖先的翅膀。鼓在風上
繼續著一個意志陷入一個不完的魘夢

在黑色的大地與
奧藍而沒有底部的天空之間

前途祗是一條地平線
逗引著我們
我們將緩緩地在追逐中死去，死去如
夕陽不知不覺的冷去。仍然要飛行
繼續懸空在無際涯的中間孤獨如風中的一葉

而冷冷的雲翳
冷冷地注視著我們。

昨夜

昨夜來去的那一個人，昨夜
述說著秋風的淒苦的
那一個人，昨夜
以水波中的
月光向我

微笑的
那人
以落葉
的腳步走過
我心裡的那一個人
昨夜用貓的溫暖給我愉快的
那人

唉，昨夜來去的那一個人，昨夜
的雲，昨夜來去的那一個人。

廣場

所有的群眾一哄而散了
　　　　　　　回到床上
去擁護有體香的女人

而銅像猶在堅持他的主義
對著無人的廣場
振臂高呼

只有風
頑皮地踢著葉子嘻嘻哈哈
在擦拭那些足跡

貓

一

突有錦蛾被火烤燒的暴厲在心中迸開。一跳
而伏下來怒瞪著黑夜
檻外的世界癱瘓如墳墓一無所覺

而確實有敵人在移動
雙眼搜索著以槍眼的機警專注
搜索著宇宙確如赤裸地躺在面前
一孔一毛，端視不遺

突然有風驚起衝響門窗急速地逃逸。
尖利地以搏刺的一叫
抓向隱隱在地上滾動的時間的珠粒
繼而咪咪地暢舒的笑起來……

二

醒來便如海底的巖穴開向萬濤的黑潮
感覺世界如此之遠，無法懷抱
如一朵黃菊可瓣瓣撕裂的新娘
沿著月中層層的檻影望出這層層密遮

舞者之姿的黑珊瑚。
而發覺靜默中的我是被瘋狂的海浪所包圍的
地殼中一顆火熱堅定的心

而世界你在那裡？
我時計的雙眼無法洞視

三

迎接著黑暗猶如喜悅著寢房
蜷伏在內裡有果核在肉汁中的舒泰
啊黑夜，你是世界最深沉的本質
你是精神之源的肉體你是心臟。而我是

你內裡的細胞。蹲伏在中心之處
觀測著利刃在遮飾之下泛著毒藍。

四

闇穴的天空無依的星是我孤獨的照耀
在這暗房的世界我的內部亦有暗房
沒有腳步叩響其間
啊世界，我們誰是真實？

瞪著雙眼在照亮你的邊際
而誰可在內部照亮著我？
在你的內部我啼叫著
而誰可在內部呼喚著我？

闇穴的天空無依的星是我孤獨的照耀
啊世界，我們誰是真實？

五

腦中緩緩的升起了一座落雪的山峰

刺入低垂的天空伸向幽茫。
而祇是傍依著爐火焚化日子的葉屍
明天，明天還擠在黑夜的背後
暴怒地喧嚷著

且讓我們睡下來兩個乳房般地
不安靜地等待著摸撫

六

靜默以一棵樹的形象
立在世界的核心以千萬醒覺的枝葉伸開
在宇宙的肺內構成肺脈
收集生命在暗夜中鼓動的一呼一吸

世界呵，通過這至誠的靜默
我輕易地觸知了你與你
同舟於時間的波浪之上

鑑評

白萩，本名何錦榮，一九三七年六月八日生於台灣台中市，台中商職畢業。一九五三年開始接觸新詩，一九五五年獲中國文協第一屆新詩獎。初為《藍星》詩社主幹，後為《現代派》同仁，《創世紀》詩刊編委，及《笠》詩社發起同仁與主編。一九九四年獲台灣《榮後》詩獎。著有詩集《蛾之死》、《風的薔薇》、《天空象徵》、《白萩詩選》、《香頌》、《詩廣場》、《風吹才感到樹的存在》、《自愛》、《觀測意象》。詩論集《現代詩散論》等。

在台灣現代詩壇一直扮演著重要角色之一的詩人白萩，其詩風常能展現多樣風貌，「他像是一隻七面鳥」（李魁賢語），經常在回顧、前進的過程中，以其冷凝的觀照，不斷地超越，希冀釀製一種從未出現的美，不論語言、意象、節奏、形式、結構或新的技法，他總是孜孜不懈地實驗著，作者一再地告誡「我要開採那些未被發現的」。誠如他自己所述：「已存在的美，對於尚未出現的美是一種絕大的壓力與考驗，如果，不能超越與打破此種束縛，則新的美將無以出現」（見《蛾之死》後記）。是故白萩不論是揀取何種題材入詩，他都強調靜觀，強調體驗，強調深度與密度，換言之，他追求的不是「一瞬而逝」的喜悅，而是愈久愈散發其令人沉醉的香醇。葉笛曾經指出：「白萩在台灣現代詩壇是一『孤岩的存在』」，確是寓意深湛的佳評。

本書選入白萩的詩作五首，各具特色：〈流浪者〉前二段有繪畫性的視覺效果，一株渺小的絲杉，默立在空曠的地平線上，孤獨無助。陳慧樺詮釋：「前段以流浪者望著一棵絲杉來刻繪他的孤苦無依，後段換成以詩人的觀點來描繪浪人的孤獨。」大體掌握了本詩的脈動。而末尾的

「向東方」三字，正是作者精神之所寄，東方為太陽上升之處，隱隱有一股鮮活的希望，彷彿與絲杉的生命共同成長。〈雁〉雖是一個微小的生命，牠的不屈服的意念，就是飛行，通過無邊際的天空，暗喻人生為理想目標而無悔地追求，其實這也正是作者所體悟的人生境界。〈昨夜〉所展現的節奏迴旋之美，除了想多讀幾遍之外還能說些什麼？〈廣場〉的視點，充滿幽默與嘲弄，人類最好袪除偶像崇拜，自然活得心安理得。不然自己「對著無人的廣場，振臂高呼」有啥意思。〈貓〉是作者捕捉某些瞬間的觀察所得，全詩意象交疊意象，語言衍生語言，實則靜下心來閱讀，一定會有意外的驚喜。咱們不妨先從斷句開始：「檻外的世界癱瘓如墳墓一無所覺，而確實有敵人在移動」（第一節）、「迎接著黑暗猶如喜悅著寢房」（第三節）、「沒有腳步叩響其間，啊世界，我們誰是真實」（第四節）、「且讓我們睡下來兩個乳房般地，不安靜地等待著撫摸」（第五節）。當你很仔細地去讀去傾聽去冥想，我想詩人所詮釋的〈貓〉的意象世界，一定會袒蕩無私地展開。

隱　地（一九三七——）

穿桃紅襯衫的男子

天空灰暗
男子擔心這一天的情緒
他選穿了一件桃紅色襯衫
渴望為新的一天帶來好運

一天裡什麼事也未發生
沉悶一如辦公室凝固的空氣
他約會的女子
仍然不肯出來

夜晚很快降臨

就像他的生命
彷彿不曾年輕過
卻已走進了冬季

吃蘋果的時候咬到了自己的嘴脣
他每天的生活已經變得沒有什麼意義
區別只在打開電視或者關掉電視
吃蘋果或者不吃蘋果

他睡著的時候
讓音樂醒著
一天裡唯一讓他記得的是
他咬破了自己的嘴脣

鑑評

隱地，本名柯青華，浙江永嘉人，一九三七年十一月十日生，政治作戰學校第九期新聞系畢業，歷任《純文學》月刊助理編輯，《青溪》、《新文藝》月刊主編，《書評書目》月刊總編輯，現任爾雅出版社發行人。曾獲文復會文藝期刊聯誼會第一屆主編獎。著有詩集《法式裸睡》、《四重奏》（詩合集．與王愷、艾笛、沈臨彬等合著）、《生命曠野》、《風雲舞山》等。另有散文集《愛喝咖啡的人》，小說集《一千個世界》，評論集《隱地看小說》等。另編有《短篇小說集》、《十句話》、《評論十家》等。

卅多年前，隱地在復興崗讀書時，還是一個翩翩的文藝青年，當時他迷戀小說和散文，他的處女作《傘上傘下》，於一九六三年四月由皇冠出版社刊行，就是一本小說、散文合集。以後他寫評論、讀書隨筆、遊記和哲理小品。直到一九九三年的初秋，才突然調轉筆桿，風起雲湧地寫起詩來。他的處女詩作〈法式裸睡〉，我是第一個讀者，當時的印象是有點像美國的Ｅ．Ｅ．康敏士，也有點像法國的斐外，確是一種新穎而陌生的聲音，筆者當時比較審慎而遲疑，未敢大力推荐，幸得向明之慧眼，鼓勵他向兩大報投稿，結果一投就中，〈法式裸睡〉於一九九三年十月十八日中國時報《人間》副刊刊出。

接著聯合副刊，中央副刊，中華副刊，新生副刊、自立副刊，《創世紀》，《台灣詩學》季刊紛紛刊出他的詩作。……一九九五年二月，他收錄了前後一年半所寫的五十八首詩作，以《法式裸睡》為書名由爾雅出版。卷前有陳義芝的序，對他有嶄新、貼切的綜論：「隱地的詩，有時像素淨的庭院，有時又變成一片熱情的葵花田；常見捏陶，玩土玩出的拙趣，而少有世俗的言語意思。」卷末有沈奇的隨感，直陳：「讀他的詩，會發現作者的內心有一汪清亮亮的泉水，滿世界都汙染得不成樣子了，他那一汪清泉卻是越發深廣，越冒越起勁。」對於即將邁入一甲子才開始寫詩的隱地，豈能不懷有深切的期待。

〈穿桃紅襯衫的男子〉，一九九五年一月三日由聯合副刊刊出，立即獲得不少的掌聲，周夢蝶、辛鬱、朵思、白靈……對該詩十分讚賞。據筆者觀察，隱地確是繼羅門、林彧、田運良、林燿德之後，探觸現代人精神生活狀貌深入淺出的「新城市詩人」。即以本詩而論，以自我為中心，截取一天的日常瑣事，予以巧妙的切割，使詩中的生活意象嘩然四射，輕俏而耐讀。

李魁賢（一九三七——）

弦音

來吧，來打擊我
我是熱火熬煉的陶甕
裝滿溫暖的血液
來吧，重重打擊我
讓我的血液從破裂的傷口
流下甦醒的天空
澆潤滿山的杜鵑

來吧，來打擊我
我是烘爐鎔鑄的鐘鼎
禁錮澎湃的聲響

來吧，重重打擊我
讓我的聲響從震撼的胸膛
傳播晨起的山崗
呼應滿天的雲彩

來吧，來打擊我
我是不死不滅的大地
瀰漫自由的風雨
來吧，重重打擊我
讓我的風雨從開闊的原野
滋潤新綠的心靈
彈奏滿懷的弦音

鑑評

李魁賢，台北淡水人，一九三七年六月十九日生，台北工專畢業，早於一九五三年開始即以「楓堤」筆名寫詩，一九六四年參加「笠詩社」，曾任《笠》詩刊社務委員、台灣筆會會長。著有詩集《靈骨塔及其他》、《枇杷樹》、《南港詩抄》、《赤裸的薔薇》、《李魁賢詩選》、

《水晶的形成》、《輸血》、《永久的版圖》、《祈禱》、《黃昏的意象》、《詩的幽徑》、《台灣意象集》、《秋天還是會回頭》、《我不是一座死活山》、《安魂曲》、《挖掘》等，另有評論集《心靈的側影》、《台灣詩人作品論》、《詩的反抗》等。

一九七九年，李魁賢自創三個名詞，將台灣詩壇作品分為三類：「純粹經驗論的藝術功用導向」、「現實經驗論的社會功用導向」、「現實經驗論的藝術功用導向」，他以為第三項是前二項的中和，「重視現實經驗的感應，轉化為詩性現實，力求以藝術手段與讀者溝通，是有所為的『給入』和無所為的『給出』，是第三世界詩人基於宿命的安排和角色的自覺所努力以赴的途徑。」（見《文學界》第六期〈詩人的立場與創作〉，並可參見《笠》詩刊九十五期、一〇〇期）。因此，在笠詩人群當中，李魁賢擁有一個較大的自彈自唱的感性空間，不必在僵化的意識形態中，跳節奏固定的舞步。

寫詩要有自覺，李魁賢認為一個詩人，面對現實，不應該只寫甜味的。在時代的齒輪內不應是潤滑的油，而是一粒砂。詩人應有做砂的自覺。這是他在《笠》詩刊四十一期的見解，以這樣的見解來看他一九八一年的這首〈弦音〉，做「砂」的自覺仍然十分清明而堅定。這首詩以三節不變的形式來傳達詩人願是「熱火熬煉的陶甕」、「烘爐鎔鑄的鐘鼎」、「不死不滅的大地」，為新綠的心靈而忍受錘擊。這首詩的寫作形式是新月派詩人之所擅，李魁賢願意借用這樣的舊形式「努力追求真情與物象的重疊觀照，一方面藉物象抒情，另方面賦予物象以生命。」（見《水晶的形成》附錄）實踐了他自己的詩主張，異乎笠詩社詩人的基本調子。

葉維廉（一九三七——）

花開的聲音

就是那些從未聽見的聲音嗎？
　降落的聲音
日曬的聲音
花開的聲音
你，就是你的升起
重疊了海和天
使雲，自白色瀑發的洪流裡
拂起古代奔蹄穿梭的大火？
借問歌聲何處盡？
青色的山間？
黃鳥路呢？

海鷗的飛翔呢？

當所有的顏色為一色所執著
當所有的聲音止於你的容色
天際的城市潰散
　峭壁沉落
巨大的拍動鼓著虛無
七孔俱無的石臉
檢閱著知識生長的圖畫

花間：何種湧動
使萬物可解？

這麼多的門鈕
向庭院和台閣……

使人瞪目啞口的季節

你升起之勢如此赫然可驚：
啊，不要讓河流
　不要讓樹林
　不要讓村落
　　　　　沖洗去
不要讓戍卒
在孤寂的塔樓裡的期望
溶入降落的聲音
　日曬的聲音
　花開的聲音
或成為細細的樵路
　侵入雲裡……

台灣農村駐足

水田

一片高
　一片低
一片長
　一片短的
鏡子
把火辣辣的太陽
化成
千種柔光
把竹林照得一帶翡翠
把微風
照得竟也綠了起來

把那梳著兩根辮子的小小姑娘啊
照得新娘子一樣
歡喜的紅潤
盈盈的透香
在一片高
　一片低
一片長
　一片短的
水田上

禾田

好大一片紗帳
從這邊山腳一撒
撒到初日迷濛的谷口
從東面小河的
防風林
波動到

西邊被雞鳴和農具喚醒的
小村，是
點點列列的綠秧
依著春風的指揮棒
緩緩地
抽織著
那幾個坐在田隴上
喝著老人茶的莊稼漢
他們那望入
秋空的金黃的夢

鼓風機

隆隆的轉動
鼓風機
把春天碎餘的綠意
和穀皮塵屑
吹向下風

任金黃的瀉落
灑出滿場的歡呼
灑出金黃的路
向市街的中央

夕陽與白鷺

尺直的地平線
把景色割分為二
下面是粗筆快墨的茫茫
上面是無邊若夢的醉紅
點點飛揚的閃光
忽上忽下、音符似的
正沉默地
演奏著夕陽
啊，久違了
比翼群飛的白鷺！

天之水

天之水
濯我身
天之水
浣我衣
天之水
潤我高麗菜
天之水啊
蒸我雞湯
炊我飯

把夕陽留住

為了要把夕陽留住
在溪中洗澡的小孩子
把一手杯一手杯的水
戽向天空

金黃的稻穗
像童話裡
透明的鳥兒
在半空中拍著翼

下弦月

沒有了絕對的黑夜
這金箔便不是月亮
沒有了這金箔的月亮
便沒有了黑夜
沒有了這個孩子的凝望
便也沒有了黑夜
和金箔的月亮
絕對也好
不絕對也好

深夜的訪客

夜沉得更深了
依著桂花的香息
把小巷走完
到了土地廟
在大榕樹的側面
當井沿那些女子洗衣的笑聲
早已潮退盡去
我提起腳
偷偷的走到井邊
用最迅速的手勢
從井中
打出一桶瀝瀝閃閃的星星

鑑　評

葉維廉，廣東中山人，一九三七年生，少年時代在香港度過，中學時期廣泛接觸五四以來的新詩，抄成好幾卷筆記，對聞一多、卞之琳、馮至、辛笛等詩人留下深刻印象。五〇年代初期與王無邪、崑南等在香港合編《詩朵》詩刊，一九五五年考入台大外文系，畢業後入師大英語研究所，獲碩士學位，一九六三年赴美留學，獲普林斯頓大學比較文學博士，曾任教於聖地牙哥加州大學。著有詩集《賦格》、《愁渡》、《醒之邊緣》、《野花的故事》、《花開的聲音》、《松鳥的傳說》、《三十年詩》、《葉維廉詩選》、《移向成熟的年齡》、《留不住的航渡》、《雨的味道》等，另有詩論集《秩序的生長》、《比較詩學》等多種。

葉維廉是典型的學者型詩人，他同時涉獵中國古典詩詞和研究英美現代詩，並進行兩種語文的迻譯，兼及個人的理論與創作。因而他所獲得的滋養與啟迪，也是多方面的，且難以界定。他也被指為台灣「純詩」的提倡者，古添洪曾以〈名理前的視境〉一文專論葉氏詩藝的諸多手法與風貌，值得參考。作者早期的詩，以沉雄、蒼鬱著稱，以後逐漸轉向澄明與恬靜，洛夫在他出版的詩集《移向成熟的年齡》（一九八七—一九九二）卷末封底有一段話說得極為剔透，特引述如下：「在中國現代詩人中，看不出還有誰像葉維廉那樣對中國道儒融會的文化本質，在詩和詩論中作出深入的詮釋，而使自我達到超越的境地。讀他的詩，每每使我想起司空圖《詩品》中的幾句話『風雲變態，花草精神，海之波瀾，山之嶙峋，俱似大道，妙契同塵。』實際上，追求道家的妙契與太和，似乎一開始即成為作者的宇宙觀，創作的主導思想。然而他詩中這種與自然的和諧關係之建立，卻也經過一番與現實世界的掙扎，這就是他自己說的：『我希望在詩中把那些被壓抑的，被割捨的，被工業物質化埋沒的靈性解放出來』。葉維廉近期的作品有一明顯的傾向：除了仍維持他一貫的對外在世界的冷靜觀照，與自然的親密契合之外，更進而對複雜的內在生命的潛入（如〈沉淵〉）以及對形而上的與未知的畛域的探索（如〈遠航〉）。我倒覺得，這兩種表面矛盾而實互補的發展，正形成了一種微妙的均衡，也許這才是詩人成熟時的真實面貌。」

〈花開的聲音〉，係作者於一九六三年隆冬，由台北飛經芝加哥途中的偶感，由於這一提示，他的創作脈絡隱然可尋。其實花開的聲音，與降落、日晒的聲音是同時俱現在作者的聽覺裡，作者藉花開暗喻自己的鄉愁情結，歷史的迷惘，以及由於季節變換所造成的時空疏離感，本詩輕輕地流動，默默地運行，仍透現作者耽於古典詩詞的音色之美，特別是最末六句，最易體現。

〈台灣農村駐足〉，由八個短章組成，作者的純真親切與靈氣，在本詩中閃露無遺。全詩語言清澈，意象單純，把自我與土地、莊稼漢、鼓風機、稻穗與田園的景色，剎那間溶為一體，咱們每個人不也是「從井中，打出一桶瀝瀝閃閃的星星」嗎？

方旗（一九三七——）

瀑布

溫雅的呼吸
簪花的河
憩睡在暖暖的床上
美麗有如
神祕有如
純粹有如

而河床折斷脊梁，囚禁在水珠的聲浪迸射，困獸掙脫枷鎖，野草出土的衝刺，撐起天壁，有人騎馬奔來，是Centaur……

髣髴水川

髣髴酒精
髣髴霜花
之後，春煙自碧
甚麼是玉石
甚麼是擂鼓
你漸行漸遠
仍然是河

鑑評

方旗，本名黃哲彥，台北市人，一九三七年生。台灣大學物理系畢業，美國馬里蘭大學物理博士，現寓居美國，與詩壇甚少往來。著有詩集《哀歌二三》、《端午》等。

詩壇素有「方派」之說，指的就是方思、方莘、方旗三人，三人詩作都屬主知式的抒情，具有神祕氣息，憑空而來又憑空而去，不示影蹤，在六〇年代末期，旋起玄奧之風。其中尤以方旗的發表方式最為奇特，他的詩篇從不在詩刊、雜誌上刊布，直接以單行本行世，如此可以保持自身的清淨，此為奇特之一；方旗的詩永遠以「立足點平等」的方式安排詩句，彷彿一排可以繼續生長的樹，其形式在詩壇上獨樹一幟，此為奇特之二。如〈洛神〉一詩第三節如此排列：

洛神，你是什麼
安睡在琴上的歌
歌，你究竟是什麼
含蘊在一滴淚裡的愛
可是愛，你究竟是什麼
介乎兩次死亡之間的永恆
然則永恆，你是什麼

此節以不完全的頂真句，層層逼問到愛的永恆是什麼？一問一答，彷彿說出了答案，卻又轉生出無限的疑惑，環環相扣，終無了時，而「洛神是安睡在琴上的歌」，「歌是含蘊在一滴淚裡的愛」，「愛是介乎兩次死亡之間的永恆」，意象令人著迷，問與答相間，虛與實共存，恍兮惚兮，洛神之美與謎盡在其中。

方旗堅持一種形式，形成特殊的風景，不過，如能讓形式與內容兼顧，則其意義更大，〈瀑布〉一詩就有瀑布縱落的圖象美，最能呈現方旗特殊形式的最佳功能。右上是河，「簪花的河」，美麗而神祕，縱落之後，左下「仍然是河」，彷彿冰川、霜花，依然有著春煙自碧的美。直直落下的兩行，氣勢非凡，「囚禁在水珠的聲浪迸射」，「野草出土的衝刺」，使瀑布千軍萬馬的聲勢汩汩而下，沛然莫之能禦。

岩　上（一九三八——）

那些手臂

那些手臂
那些太陽晒成銅色的
流汗的
緊抓住泥土的手臂

從黑暗中伸出來
從矮小的土屋裡伸出來
從胃腸的呼叫間伸出來
伸向水圳，潺潺有聲
伸向田野，黃熟豐饒
伸向山坡，疊砌成梯

伸向高峰，矗立為林

那些手臂
那些太陽烤焦的
擰乾了汗水的
鬆散了泥土的手臂

縮回，圳水乾涸
縮回，田野荒蕪
縮回，山坡滑流
縮回，高峰光禿

手臂沒有縮回
手臂繼續伸出

手臂擠著手臂
手臂纏著手臂

手臂生出手臂

手臂永不縮回
手臂繼續伸出

伸向田野
伸向山坡
伸向海洋
伸向天空

手臂
手臂
伸展成為樹
枯槁在
空中

鑑評

岩上，本名嚴振興，台灣嘉義縣人，一九三八年九月二日出生。台灣台中師範、逢甲學院畢業，曾任小學、中學教師，現已退休，曾任《笠詩刊》主編。岩上曾在一九七六年邀約南投地區詩友王灝等人創辦《詩脈季刊》，與當時居於平地的《笠》，主要領導人蘇紹連住在海邊的《詩人季刊》（後浪詩社為其前身），形成中部地區重要的三個詩社，以《笠》為核心，兩年輕詩社為其山海羽翼，為中部地區帶來一些詩的話題與活動。

岩上是第一屆吳濁流新詩獎得主，榮獲第二屆中興文藝獎章新詩獎，著有詩集《激流》、《冬盡》、《台灣瓦》、《愛染篇》、《岩上詩選》、《岩上八行詩》、《漂流木》、《變體螢火蟲》等。

在《台灣瓦》的後記裡，岩上說：「每年均有少量的作品，是為自己的心路歷程留下點滴的痕跡；也為這時代記錄一些感觸，不敢說能作為時代的見證，卻也表示一份關注。畢竟，寫詩不是風花雪月；也不是可全力投入的事業，每年寫幾首詩，是一份堅持，一種對自我期許的鞭策，如此而已，不然又能期待什麼？」簡單地說，岩上是一個生活詩人，以詩記錄生活、關心時代，他不認為詩能改變世局，但也未必就此放棄詩可能的功能，持續創作而不懈。

〈那些手臂〉以排比式的句子完成，為生活所逼的人從黑暗中、土屋裡、轆轆飢腸間伸出手臂，為生存而奮鬥，因為他們的奮鬥而使大地也有了生機，其中「手臂擠著手臂／手臂纏著手臂／手臂生出手臂」是一種超現實的寫法，表達了卑微的人相互間的扶持，世代間的接替，而排比的句式其實也暗示了生活的單調。岩上的詩為生活而寫，為卑微的人的生活而寫，此即明證。

林泠（一九三八——）

微悟

——為一個賭徒而寫

在你的胸臆，蒙的卡羅的夜啊
我愛的那人正烤著火
他拾來的松枝不夠燃燒，蒙的卡羅的夜
　他要去了我的髮
　　我的脊骨……

阡陌

你是橫的，我是縱的
你我平分了天體的四個方位

我們從來的地方來，打這兒經過
相遇。我們畢竟相遇
在這兒，四周是注滿了水的田隴

有一隻鷺鷥停落，悄悄小立
而我們寧靜地寒暄，道著再見
以沉默相約，攀過那遠遠的兩個山頭遙望
（——一片純白的羽毛輕輕落下來）

當一片羽毛落下，啊，那時

我們都希望——假如幸福也像一隻白鳥——
它曾悄悄下落。是的，我們希望
縱然它們是長著翅膀……

春之祭

Men owe us what we imagine they will give us. We must forgive them this debt.
——SIMONE WEIL
Gravity and Grace

抓一撮泥土，吻著
吻著昨夜清明雨的鹹溼
吻著我獨自走過的
　長長的山坡路
吻著我們幽幽的冥隔
吻著昨日
吻著——你的逝，你的逝

南婦吟

我隴西貴冑的夫婿
嗤笑著……我的語音
這人與寅
　逃與徒
　走與酒[1]
的諷喻；無由的高亢
像集飛——
銜一木葉以自蔽的
越雉，展翅前的激揚
在我底
微顫的語音之中
　　　　　之外
音外與身外：參差錯落的宮商

他從也不喜
我黑色的嫁衣，苦楝木的
散屐。這香雲紗的緇布
是如此不適宜
晨昏的窸窣；而黃昏
豈祗是
　出土的人燼
　入土的情殉
它應是紅的，我隴西貴胄的夫婿
印證；用晚霞
一窯窯的彩陶，涂紅夾砂的
仰韶文化

『還有那盜行啊——
在南交[2]
有蜂屯蟻聚的涇渠

那不可遏的梟鬥，是源自
怎樣的猛悍與孱弱
　　怎樣的
孱弱與貧瘠？』

孱弱與貧瘠——
我祇知道，有一畦土地
它的暗流，是源自血脈的
淤積：
　　於是我就解說
　　幾乎是囁嚅地
印證：用我的顏面
一整個支離縱橫的
流域。

後記：有時候，對自己最深的眷戀，唯有用一份輕嘲才能沖解它；這首詩，就是我對故鄉一份最溫柔親暱的嘲弄。自然，詩中的「故事」和人物都是杜撰的。

註文：1. 依照廣東方言，人與寅，逃與徒，走與酒，均屬同音字。
2. 粵地古稱南交，始於堯。

鑑　評

林泠，本名胡雲裳，廣東開平人，一九三八年生於四川江津，童年在西安和南京度過，來台後在基隆和台北就學，入台灣大學化學系，一九五八年畢業後赴美，獲佛吉尼亞大學博士學位，現任職於美國化學界，主持藥物合成研究。著有詩集《林泠詩集》、《在植物與幽靈之間》等。

在當代台灣女詩人群中，林泠寫詩甚早，幾乎讀中學時就提筆上陣，一九五五年結識「現代派」諸子，不久一系列的〈四方城〉詩作，在《現代詩》季刊連載，震驚詩壇。一九六一年《六十年代詩選》出版，收錄她不少詩作，瘂弦對她讚譽備至：「讀林泠的詩，使我們從她幽美的憧憬上感知生命的可愛，她的一步一迴旋的淡淡的調子，她的敏感而又明澄的結晶體般的構成，和她那獨自放散著的特有的音響，使我們不禁隨著她自圍繞著世界之印象和反響中，展開一闋曼妙的戀歌。」一九八一年爾雅版《剪成碧玉葉層層》（現代女詩人選集），筆者對她的評鑑，自認還相當確切：「如彗星般的出現，跟著是十數年的沉默，而她自〈四方城〉以降一系列的詩，恍如空谷回音，歷久不絕。林泠所掌握的童話般的語言，輕快的節奏……，迄今仍無人出其右者。」而楊牧對她的觀察則指出：「感情真摯深刻，體裁秀麗自然，音色節奏更開創了一代獨特的風貌，影響了現代詩的姿態和語言，方興未艾。」林泠雖然在美期間擱筆多年，但其聲譽卻一直不墜。八〇年代初復出後，以一首〈非現代的抒情〉投入詩壇，音色依舊，對人生的體悟似已更加明淨透澈。

本書收入四首，〈微悟〉、〈阡陌〉、〈春之祭〉，俱寫於一九五六年，而〈南婦吟〉，則是她復出後成於一九八二年的詩作。基本上前三首均屬作者抒情詩中的精品，是作者個人情感含蓄、婉約的綻放，她以暗喻、對比、重疊、觀照……來呈現各詩濃密飽滿的意蘊；後者是她個人鄉愁的宣洩，作者用了一些方言和杜撰的情節，旨在添增本詩一份親摯和嘲諷的效果，後記可以作證。

張香華（一九三九——）

待雪

從未曾見過雪，不久前接到韓國友人邀請，告以開始飄雪，欣然赴漢城，一連九日，都是晴空萬里，見不到雪的影蹤，悵然而返。

雪，大約是漫天瀰地的大網羅
沒有人可以逃出她美麗的布陣
掉到0°下結冰的湖
開始透露氣氛凝重
街景寂寥，路燈
矜持蒼白的立姿
敲三點半的鐘聲
在靜夜裡，格外綿長——

像一記驚悸的長吁

在欲雪未雪之際
匆匆已步入中年
所有成形、不成形
都找不到時序誕生
如果，夜也可以在一夕結凍
那麼，六角形雪花片的故事
就是一則美麗的傳說
留給書本去詮釋，留給
睡夢中溫柔的指尖去
觸摸

怕的是
那成雪的一刻，始終未遇
已經銷融盡我心中的熾熱
而明朝依然豔陽，卻晴冷

像人的一生，多少美好
始終不能落地生根
不到時序，沒有空間

鑑評

張香華，福建龍岩人，一九三九年七月三十日生於香港，國立台灣師範大學國文系畢業，曾任教於建國中學、世界新聞專校。十九歲第一次發表詩作〈門〉於《文星》雜誌，曾任《草根》詩刊執行編輯，《文星詩頁》主編。一九八四年應邀到美國愛荷華大學「國際作家工作坊」訪問。著有詩集《不眠的青青草》、《愛荷華詩抄》、《千般是情》、《初吻》、《茶，不說話》、《明日朝陽照逝水》等。另編有《玫瑰與坦克》（菲華現代詩選），塞爾維亞文本《中國現代詩選》等。

身為女性詩人，她創作的素材不設限於閨情之類的作品，但也不逃避偏重女性色彩的抒情，因為人間一切都可以入詩。她曾在一篇寫作計畫報告〈一個台灣新詩人的成長〉中剴切說明自己創作的五項理念。「一、反對主義領導創作，有創意的詩人，不會對任何理論產生拜物的情緒。二、只有關懷，才會使詩人的筆鋒圓潤流轉。三、詩人和所有的創作者，永遠是最愛求知的人。四、自由是詩人最高的信仰，無論是主題的取向，或技巧的鍛鍊，每個人有他自由發揮的絕對權利。五、台灣的詩人，必須在中國文學歷史縱的繼承，和西方文學橫的移植二者交互運用下，發展今後的方向。」因此從她業已出版的三部詩集來看，大體展現了她個人面對現實的關懷，對生命的透視，對生活的執著，詩人以其特有的敏銳，觀察人間的一切，既有表現女性感覺細膩的好詩，也有批評嘲弄充滿生活景象的連作，而挖掘新的經驗，習用平白抒情的語言，擁抱更實際的一生，則一直是張香華創作專注的主題。

〈待雪〉，寫的雖是作者期待一場大雪降臨的情境，實則不見雪跡也好，詩人可由此反思、回憶與瞻望。「在欲雪未雪之時，匆匆已步入中年，所有成形、不成形，都找不到時序誕生」，莫非〈待雪〉的背後，就是詩人尋求治癒在現實中一種並非意外的傷痛，一種陌生經驗的完成。

朵　思（一九三九——）

暗　房

不要讓光漏進來
不要讓光擾亂暗房秩序
這裡要洗出不管你接不接受的鏡頭
這裡要說山路彎曲或筆直的甜言蜜語

雨滴的意象

雨滴從介入視域開始
便一直淅瀝淅瀝唱著輕輕敲擊地殼
的寂寞

一滴水的前身
凝成天空的心事
再一片片降下飛絮般的傷心
於是，天空的心情便擾亂了你我的心情
雨滴的聲音，便變成了你要告訴我的聲音

其實，不管從樹梢、屋脊、天空
滑下跌落旋飛的每一滴
雨滴的意象
我都將接住
因為我也是執意將自己獻出的那一滴

鑑評

朵思，本名周翠卿，台灣嘉義市人，一九三九年八月四日生。嘉義女中畢業，現為「創世紀」詩社同仁。一九五五年發表第一篇詩作〈路燈〉於《野風》，至今寫詩四十年，著有詩集《側影》、《窗的感覺》、《心痕索驥》、《飛翔咖啡屋》、《曦日》、《凝睇：朵思詩集》

等。

在《心痕索驥》後記中，朵思認為：「詩若只服務於做為詩人發洩情緒那麼偏窄的場域，是一種褻瀆，安德烈．勞特（André Lhote）雖然強調看壞畫和看傑作同樣有教益，但畢竟能更尊重詩的藝術宗旨，主觀或客觀展開它理性或感性的豐富性，引起讀者（即使只是小眾）的情緒淨化、神馳、昇華，乃是詩人所必須去追求的。」

《現代中國繆司》書中，鍾玲認為：「朵思與張香華的作品，是六十年代女詩人之中，最早處理現實生活題材的。她們早期的詩都深受西化詩體的影響，詩風晦澀，以挖掘自我及個人的存在問題為主題。但在她們的早期作品中已見寫實風格的端倪。她們對自己的現實生活及社會現況開始表現關懷。七十年代以後她們的作品則以現實題材為主。」這樣的轉變，是時移勢轉，年歲增長的緣故，不過，朵思的詩語言仍保持稠密的特質，不因內容的改變而淡釋。

〈暗房〉這首詩，旨在表達「存真」的重要，不管你接不接受，不過，對於「存真」的可能，她也表示了「存疑」的態度，因為：「山路彎曲或筆直」仍然只是「甜言蜜語」。所有的照片不都是經過「取景」、「角度」、「光影」的選擇，甚至於「微笑」的要求？因而，「暗房」的題目，「不要讓光漏進來」「不要讓光擾亂暗房秩序」的詩句，反而造成反諷的效果。

〈雨滴的意象〉顯示了朵思的母性懷抱，「雨滴的聲音，便變成了你要告訴我的聲音」，她去接納雨滴的寂寞與心事，最後還要「執意將自己獻出」，化身為雨滴，與雨滴一同訴說天地間的心情，攬痛苦於胸，這是母性的懷抱

張健（一九三九——）

大地

我其實很小
一丘，一壑
不過是一拳一掌

我愛鐵軌上散步的
小男孩
他們把種子撒給
寂寞的鴿子

其實草根跟我的關係
並不曾密得像梁祝

倒有點像梁山泊與
祝家莊

不過，請放心——
要吃的，有
要夢，也有
要哭，借您長江
要笑，送您西湖

鑑　評

張健，浙江嘉善人，一九三九年十二月十五日生。台灣大學文學碩士，曾任台大中文系暨中文研究所教授，「藍星詩社」同仁，著有詩集《鞦韆上的假期》（一九五九年）、《春安．大地》、《畫中的霧季》、《屋裡的雪花》、《白色的紫蘇》、《水晶國》、《夜空舞》、《四季人》、《藍眼睛》、《雨花台》、《聖誕紅》、《草原上的流星》、《張健詩選》、《微笑的秋荷》、《鳳凰城》、《敲門的月光》、《百人圖》、《豔陽季》、《山中的菊神》、《世紀的長巷》等。

猗歟盛哉！張健一直保持旺盛的創作力，出版詩集之多，台灣詩壇無人出乎其右，對於古典文學的研究也不遺餘力，出版《滄浪詩話研究》、《朱熹的文學批評研究》、《歐陽修之詩文及文學評論》等十種，典型的中文系詩人，優游浸漬於古典與現代之間，頗為自得，是中文系學者最早投身於現代詩創作與批評的代表人物，帶動其後的吳宏一、蕭蕭、渡也、李瑞騰、陳義芝、游喚等中文系出身的詩人與評論家。張健也是最早在大學開「現代詩」課程的教授，著有《中國現代詩》之教本，蒐羅完備。

張健的詩觀是：「詩不分新舊，凡好詩都表現生活、人性、世界和自然中的一切的。」他引用三個人的話來作證：《詩・大序》：「詩者，志之所之也。在心為志，發言為詩。」美國現代詩人金斯堡（Allen Ginsberg）：「詩是心靈自然流露的紀錄。」法國象徵派大詩人馬拉美（Stephane Mallarmé）：「一首成功的詩是對我們熟悉的一些事物所作嶄新的觀察及了解之接觸方式。」（見《白色的紫蘇》自序）。因此，他的詩大抵從生活中揮灑而出，寓物以抒情，常常借用許多不相干的事物來激迸真情，往往有出人意表的設計，以〈大地〉一詩而言，草與大地的關係，他說是「梁山伯與祝家莊」，在劫掠與寡情之間逼迫生命成長，十分突兀而新奇。詩之最後，「要哭，借您長江／要笑，送您西湖」，長江之盛、西湖之美以喻「哭」與「笑」，仍然是突兀而令人驚喜的，「借」之與「哭」、「送」之與「笑」，鍊字亦奇。張健作品極多，大抵如是。

林煥彰（一九三九——）

十五・月蝕

八點鐘，月在我二樓
企圖穿窗而過

十五那個晚上
我捉住了她
所以，你們
就有了一次月蝕

而午夜
她將衣裳留在我床上
所以，那晚

她特別明亮

沒有名字的碑石

清明返鄉掃墓
我為那些無主墳深深納悶著

望我遠方遠方的雲雲灰茫
望我遠方遠方的路路盡處

（可是我，我……）

直到成為暮色的一部分
同星
和月
一起淪落，向孤寂的太空

望我家屋家屋的門門洞開
望我窗戶窗戶的燈燈微弱
（可是我，我……）
直到成為早餐桌上的一碟陽光
同樹
和花
一起上升，向喧囂的大地

鑑評

林煥彰，台灣宜蘭人，一九三九年八月十六日生，曾為《龍族》詩社同仁、《聯合報》副刊編輯、《亞洲華文作家雜誌》主編、大陸兒童文學研究會會長。曾膺選為台灣優秀青年詩人，中山文藝獎（兒童文學類），澳洲詩學會慶祝建國二百周年紀念詩獎，陳伯吹兒童文學獎和小百花獎。著有詩集《牧雲初集》、《斑鳩與陷阱》、《歷程》、《公路邊的樹》、《現實的告白》、《無心論》、《飛翔之歌》、《愛情的流派及其他》、《林煥彰詩選》、《翅膀的煩惱》、《關於貓的詩一貓，有不理你的美》、《關於貓的詩二貓，有好玩的權利》、《台灣，我的血點：林煥彰詩集》等；詩評集《詩、評介和解說》；另編有《近三十年新詩書目》、《中國新詩集編目》等工具書。

林煥彰曾在一篇詩觀中自述：「在《葡萄園》萌芽，在《笠》詩刊成長，在《龍族》詩社逐漸確立自己的風格。」基本上，他主張鄉土感情的自然流露，並追求表現民族意識和關心、切入現實，繼而促使他的詩作比較平易近人，充滿溫柔敦厚的人道主義色彩。

林煥彰崛起於六〇年代末期，他對於當年台灣現代詩壇興起的晦澀之風，應該有很深切的體認，是以他要另闢蹊徑，以平白的口語入詩，且揚棄詩中過多繁瑣的意象。即以他於一九六七年出版的處女詩集《牧雲初集》來看，許多作品都清明流暢，耐人尋味。譬如該書第一首〈海的歎息〉，短短四行，充滿親切與童趣。

潮來了
帶來滿海的愁
潮退了
只留一個貝殼

所謂「潮來，潮退」，原是自然的現象，詩人以「聲」形容海在歎息，以「色」暗喻海的惆悵，一虛一實，一來一往，情趣油然而至。

〈十五・月蝕〉和〈沒有名字的碑石〉，顯陳林煥彰兩種風格截然不同的詩作。前者以月亮為主軸，隨著它的上升，嘩然醞釀半推半就的氣氛，使人沉醉；所謂月蝕，不過是詩人的假借罷了。後者展示作者深厚的悲憫情懷，對著那些無名的墳塋，詩人除了張望低徊之外，還能做些什麼?本詩第三節和末節的特殊排列效果，以及（可是我，我……）的重複運用，值得借鑑。

方　莘（一九三九——）

請　進

我獨自行走在一條銀砌的長街上
一幢金色高樓矗立在遠方
一襲白衣將我的創傷遮掩
一管青玉筆劍藏在懷中

落日在我背後以火紅的無奈
將白晝狠狠錘入地下
黑夜如沙漠中風暴蓬蓬
自遠方地平線迎面撲來

不早了時候，快要遲了！

木棉花突然以鐵黑的枝幹
舉起遍街火紅的燈盞簇簇
天色就這樣不耐地墨黑了

你是誰？你要什麼？
我是人，我要見霓虹一面。
我脫下白衣，脫下自己的影子
金色高樓矗立在黑夜的隱蔽中

你來晚了，不准進來！
我有約會，一定要見——
你來遲了，你來錯了；
你的約會已經取消。

隔著一扇七彩鋼門
我聽見霓虹的聲音：
請進——我推開阻擋的手

踏進閃亮燈號的電梯

一扇七彩鋼門，在七十七重天之上
燈號再亮，我聽見霓虹的聲音；
請進——我一步踏出
腳下湧起一渦無限愕然的黑洞

在金色高樓的巨影中黯黯等待
離去的自我竟留下如此無奈
青玉筆劍在默默中切切惦念
用鋼刃將人字刻在銀砌的路面

黑霧中高樓頂端一聲驚呼
一個人影墜落中旋成白衣一件
我伸手接住我唯一的名稱
將自己白色的影子穿在身上

日出！一立方龐然的金屬巨靈
幾何形六面體，五十四隻眼
高懸在空中，張闔睨視
緩緩迴旋著，錚錚震響

回答！

我舉起青玉筆劍，凌空射去
所有木棉花霎時重新燃亮
金色高樓黑霧散去，一輪旭日
輝耀在每一面凜凜的鏡窗

青空釋然

千萬扇霓虹在我前後左右漣漣開啟
如稜鏡光燦——

請進。

鑑評

方莘，本名方新，山西五台人，一九三九年生，一九四九年來台，在台灣讀完小學、中學和大學，於淡江文理學院（今淡江大學）畢業，留學加拿大蒙特里爾大學，獲博士學位，返台後曾任教於輔仁大學英語系，並曾在台大外文研究所研究，現定居美國。著有詩集《膜拜》、另有詩劇《坐在大風上的人》。曾任《現代文學》、《劇場》編委，《藍星》詩刊主編。

方莘開始創作於六〇年代初期，他是從現代畫之門步入現代詩，本質上他是一個意象主義者，余光中指出他「收入《膜拜》詩集第一輯中的十三首詩，都是意象主義的佳作，其中尤以〈月升〉、〈開著門的電話亭〉、〈長街的憂鬱〉、〈雨〉等最為出色。這些小品，像是一張張線條清晰輪廓硬朗構圖乾淨無比的鋼筆畫，置之龐德、杜麗達等人的集中，絕無遜色。」方莘雖然從學院出來，並未沾染學院的氣息，他深信詩是要從現實的深淵中去提煉，不然即可能成為一堆蒼白的屍體。方莘喜歡從事多方面的實驗，練習曲、抒情小調、咆哮的輓歌，他都嘗試過。誠如他的自述：「每一個新的創作都有一個新的風格：不同的形式、色彩、音調、節奏、韻律及語義、語法，每首詩都要求有自我的客觀與性格」。在表現手法上，方莘也盡量吸取各詩派的長處，他的詩有古典主義的冷穆，也有浪漫主義的激情，更有現代主義的趣味，他的筆觸儘管舒放與誇張，但那是有所表現而絕不失之於虛幻。方莘的另一特色是「氣勢」（如〈咆哮的輓歌〉）。試想他在寫作這首詩時，是如何昂揚地驅策他的創作的衝力，使其筆鋒能夠一瀉千里，讓讀者感知他的一呼一吸，猶如大地脈搏之跳動。……

自一九八二年二月十七日，方莘在中國時報「人間」副刊發表〈請進〉一詩之後，即很少看到他的新作，令人不解。〈請進〉曾獲選當年首度面世的《七十一年詩選》，筆者在詩後按語中曾扼要指出：「本詩想像繽紛，落筆凌厲，語言灑脫，確能引人入勝，堪為佳構」。現在看來，當時這一小評，似乎過於簡略，實有利用此一機緣再作詮釋之必要。

〈請進〉，首先這個題目，就讓人好奇，作者究竟意欲何為，及至我們讀畢第一行「我獨自行走在一條銀砌的長街上」，大家恍然若有所悟，原來作者是要帶領咱們到他所創造的五彩繽紛的意象世界裡去，並非帶人，而是一顆顆探照上下四方、犀利精巧敏捷無比的心靈，不然我們怎能從容進入。顯然作者寫作本詩，是以從落日到霓虹的夜街為背景，他邊走邊看邊想，在「燈盞簇簇」、「七彩鋼門」、「金色高樓」、「千萬扇霓虹」、「一渦無限的黑洞」以及「木棉花鐵黑的枝幹」等等鋪織而成聲光燦爛的夜景，作者徜徉其間，徒然深感自己昂大的孤獨與無助，所以他自嘲「伸手接住自己白色的影子」，本詩表面上看，確是七彩聲光四射，意象交錯縱橫，實則是作者透過靈視與冷靜的觀照，對現代物質文明於創造華麗繽紛的景象之後，一種深澈無比的批判與反思。

羅　英（一九四〇——二〇一二）

夜

夜藏身在貓的眼瞳不安的等候裡
夜藏身在女子髮叢徬徨的憂愁裡
夜藏身在寺廟的迷失的鐘聲裡
夜藏身在朽木的折斷的花香裡

而我在夜的眼瞳內
而我在夜的髮叢內
而我在夜的寺廟內
而我在夜的朽木內

我把夜一片一片地切割

我把夜一句一句地背誦
我把夜一處一處地點燃
我把夜一聲一聲地喚醒

萱草花的旅程

一

聲音
呼喊著聲音
時間總都是不回家
母親獨自坐船
船在星光斑斕的河裡
把歸鄉的情結
晒了又晒，洗了又洗
船漂流著

漂成一線歸雁的圖形

二

母親的繡花鞋
微微溼濡著
她少女時的淚
母親
她執意要面壁
讀從前以及從前的從前
乘坐一片梧桐葉
在一座弓形橋洞下
跟某個失蹤已久的秋天
相遇
跟未誕生前的我，我們
相遇

三

陰暗的牆角
蟋蟀說，太陽太遠
寒冷太近
母親把她輕輕細細
枯葉似的腳步聲
收在五斗櫃中
把蟲蛀的渾白的月光
移到枕邊
不語不醒亦不活著
母親
是門前的井
是井中的石

四

怎能拒絕

輕柔的風
怎能拒絕
麻雀的飛近
母親她總是飛
沒有去向，沒有歸途
總是飛
撒落些羽毛狀的
關愛，不愛，留戀，不留戀
母親她蓬蓬鬆鬆輕輕柔柔
在燈光與燭光相映的雲霧裡
帶著些焚燒過的文字以及
文字敘述得含糊不清的依依不捨
飛
然後又
飛

五

傘，環繞著傘
葬禮的傘是悲哀的叢林
黑傘黑傘黑傘黑傘
淚沿著傘的斜坡流下來
死
預演過的嗎
那麼滑順地
母親到達了地的底層
一隻漆黑的蝴蝶
跟隨她
落在她的眼睫
母親的臉
顫顫抖抖的
乾透了的
淚的行列

鑑評

羅英，湖北蒲圻人，一九四〇年十月二十一日生，台北女師專畢業，曾擔任幼教十餘年。早年曾參加《現代派》、《創世紀》詩社同仁。著有詩集《雲的捕手》、《二分之一的喜悅》；散文隨筆《羅英極短篇》、《盒裝的心情》、《明天買隻貓》等多種。

羅英的詩齡很長，從五〇年代中期就開始創作。她一直我行我素，無視別人的批評，在她自己喜歡的十分個人化的超現實的時空裡運行著。鍾玲曾在《現代中國繆司》一書第三章第一節，詳加分析羅英的風格，並論斷：「她是中國本世紀最重要的超現實主義詩人之一」。然而作者那些令人驚心的篇章，是怎樣誕生的呢？且聽她如是說：「我寫詩並沒有固定的地方，最常在公共汽車上寫詩，不一定要尋找題材，當遇上時就好像著魔一般，非寫不可。我覺得寫詩要有夢幻和酒醉的心情」。商禽對她有更深刻的描述：「她觀察事物的方法，打個比喻，就如同複眼的照相機，她自身具備一種自動檢視的功能。就拿超現實來說，它對羅英，不是什麼主義，也不是什麼方法，而是她先天的稟賦早已具有超現實」。她寫詩，像自己的感覺在飛行。無怪乎洛夫一再稱許：「在當代女詩人中，很少像羅英那樣能將超現實的意象融入抒情的節奏中而又毫無窒滯之感。」特別是在《二分之一的喜悅》詩集中，羅英在題材上，不僅增加一些寫實風格的詩作，同時在結構方面也比較嚴謹而更有秩序。在語調方面，則力求多元化，「更富於激情與動盪之美」（鍾玲語）。

作者善於捕捉現代人事物的諸多感受，使其一一潺潺而出。不論是〈這些人和那些人〉，不論是〈風景和心景〉，它們都是羅英筆下的「人的風景」（張漢良語），所有喜歡羅英詩作的有情人，能不放悲聲，哭到老？然則對於「羅英的詩之所以充滿一種難以言狀的魅力」（洛夫語），或許應該執意探索其源頭。

〈夜〉此詩以「夜」和「我」二者連接詩中的景象，像浪濤一波一波地拍出，令讀者的感覺酣暢而悚慄。〈萱草花的旅程〉刊於中央副刊一九九五年五月十四日母親節紀念特輯中。據作者回憶，寫作此詩是在夢中會見辭世的老母，往日情景油然歷歷在目，於是靈感一發不可收拾，一點一滴，化為深沉的思念，透過各種栩栩如生的意象，巧妙自然的串連，完成一篇動人肺腑的母愛詩，使人不忍掩卷。

敻　虹（一九四〇——）

我已經走向你了

你立在對岸的華燈之下
眾弦俱寂，而欲涉過這圓形池
涉過這面寫著睡蓮的藍玻璃
我是唯一的高音

唯一的，我是雕塑的手
　　雕塑不朽的憂愁
那活在微笑中的，不朽的憂愁
眾弦俱寂，地球儀祇能往東西轉
我求著，在永恆光滑的紙葉上
求今日和明日相遇的一點

而燈暈不移，我走向你
我已經走向你了
眾弦俱寂
我是唯一的高音

水紋

我忽然想起你
但不是劫後的你，萬花盡落的你
為什麼人潮，如果有方向
都是朝著分散的方向
為什麼萬燈謝盡，流光流不來你
稚傻的初日，如一株小草

而後綠綠的草原，移轉為荒原
草木皆焚：你用萬把刹那的
情火

也許我只該用玻璃雕你
不該用深湛的凝想
也許你早該告訴我
無論何處，無殿堂，也無神像

忽然想起你，但不是此刻的你
已不星華燦發，已不錦繡
不在最美的夢中，最夢的美中

忽然想起
但傷感是微微的了
如遠去的船
船邊的水紋……

卑南溪

卑南溪是一條黑黑的長歌
風大雨苦撿柴的人呵
流水流來流木，下一步
試探的赤足不慎便印證
生命只等於生活

我不知道柴火一斤多少錢
一株合抱的枯樹可以燃燒多久
大水來了呵，許多人喊著
爭恐地涉水而過
遠遠的沙洲上，木麻黃的防風林
早已流走。大水流來
一些流木，擱淺在沙洲上

如果試探的赤足
不慎，便印證
生命只等於生活

卑南溪是一條苦苦的悲歌
詹澈知道，台東的孩子知道
（蓮香，你住花蓮，你不知道）
六十間仔，貓仔山，再繞到
台東女中後面的番社
秋收後秋月下秋醉的
秋舞秋歌……
融融的這些日子
落日在山的方向，霞雲在
海的方向
曠廣的河床呼應
那漠漠的天
初二到高三，放學以後

坐看的卑南溪
靜靜瘦瘦的卑南溪
融融的這些日子
卑南溪是一條悠悠的歌

靜靜的平日
卑南溪
是瘦瘦的河
暴雨以後，如
熔熔的奔火
（火一般的想起，已漸如灰燼了，不論是甚麼歌都漸漸緩和……）

鑑評

敻虹，本名胡梅子，台東人，一九四〇年十二月一日生。師範大學藝術系畢業、文化大學文學碩士、東海大學哲學研究所博士班研究。「藍星詩社」同仁。一九七四年曾應邀赴美國愛荷華大學「國際作家工作坊」訪問。著有詩集《金蛹》、《敻虹詩集》、《紅珊瑚》、《愛結》、《觀音菩薩摩訶薩》、《敻虹詩精選集：抒情詩》等。

「繆思最鍾愛的女兒」！一九六一年元月出版的《六十年代詩選》主編，瘂弦曾如此讚嘆敻虹的詩作。後來余光中為《紅珊瑚》寫評時，認為《金蛹》時期「本質上是浪漫為體象徵為用的新古典中堅分子」，《紅珊瑚》裡「敻虹已經是中年詩人，變得傳統，卻還有夢，並不甘於平凡。」

年輕時代的敻虹寫了許多意象輕巧，意蘊深遠的作品，〈我已經走向你了〉、〈水紋〉都屬於這一時期的作品，余光中曾指出這兩首詩的意象都很高明，而且善於收篇。如〈我已經走向你了〉的末段，是聽覺意象，以武斷的對照取勝，在聲調上，句末的「移」、「你」、「你」、「寂」四字押韻，其聲低抑，到「高音」二字，全用響亮的陰平，對照果然鮮明。（見《紅珊瑚》集前余光中論文〈穿過一叢珊瑚礁〉）。〈水紋〉最後以「遠去的船」「船邊的水紋」來表達微微的傷感，二者相互干涉，但因為「遠」與「邊」而將距離拉長，雋永的情思漾在其中，最能代表敻虹早期情詩那種語字已盡而情意不盡的感覺，水紋一圈一圈遠去，一圈一圈又起……

《敻虹詩集》的第一部分就是《金蛹》所有的作品（只差兩首），第二部分則是一九七一年以後的作品，包括了她對台東的眷愛，禮佛的虔敬，對媽媽的懷念，這三類題材就成為她後面兩部詩集的主要內容，台東與媽媽都是她生活的母親，而後她自己也成了母親（所以也寫了童詩），接著，母親逝世，敻虹又有一次喪子之痛，很可能誦經禮佛就成為生活裡的另一種歸依，敻虹一九七一年以後的作品大約就在這三類情愛間徐行漫思。瘂弦對她以宗教修持入詩，在桂葉與菩提之間來往自如，抱持相當樂觀的看法，他說：「那屬於俗世的敻虹，她對煙火人間的恩愛眷戀，對語言形式美感的偏好與玩索，以及她性格中特有的慧黠、喜感，絲毫沒有因為謹嚴的學佛生活而有所短少。」（見《愛結》書前瘂弦短文〈河的兩岸〉）。

因而，〈卑南溪〉就可以綰結敻虹後期詩作的主要特色，選材卑南溪，自是她台東系列懷舊念愛的作品，「落日在山的方向，霞雲在海的方向」，自是她一貫的美學要求，「火一般的想起，已漸如/灰燼了，不論是什麼歌/都漸漸緩和……」，不就是學佛者慣有的心境嗎？

楊　牧（一九四〇——）

微雨牧馬場

一排風蝕的斷水描出
異鄉的荒遼
有人倚靠柵欄
吹著柔柔的笛子
淺水穿流過你最愛的
芭蕉林，和閃爍的橋梁

雨季在我身上流出
巨石的紋路，眼看一群花斑馬
嘶鳴奔跑過微雨的一片
夢境的枯林——

倚著柵欄，我也腐朽了
變成一段牧馬場邊的枯木
只是潮溼了些
憂鬱了些

第二次的空門

依舊是蘆花的聲音
以其裂帛的威勢
輾過一杯殘酒，街道傾斜
這歸來確實未逢上飄搖的風雪臘月
鐘鳴處，群鴉畢至
飛來探問寺院中一草率的早殤，果然
你竟是我記憶裡倒塌的一尊石佛

微笑仍在，荊棘卻已經從
你的耳際腋下
生長如盆栽妖嬈。但你本是南山的泥濘
起於偶然的揑塑，或回歸於蒼苔兮
亦不愧乎百年芬芳的香火，中宵木魚
以及時時窺見的佛門韻事
你本不是神——

據說我曾為你提刀行凶
料想那必是出關以前的事了
而我已淡忘……只依稀記得
逃亡時是浮雲送我到了塩口
告辭後還赧紅了面孔兀自坐在山頭
原來他病酒悲秋方才有這些惜別的怔忡
而你當時，你只乖巧地立在鐘鼓聲裡
一味俯視著寥寥的善男信女
等我回來為那些斂財的出家人掘井種菜

十二星象練習曲

子

我們這樣困頓地
等待午夜。午夜是沒有形態的
除了三條街以外
當時，總是一排鐘聲
童年似地傳來

轉過臉去朝拜久違的羚羊罷
半彎著兩腿，如荒郊的夜哨
我挺進向北
露意莎——請注視后土
崇拜它，如我崇拜你健康的肩胛

丑

NNE3/4E露意莎
四更了，蟲鳴霸占初別的半島
我以金牛的姿勢探索那廣張的
谷地。另一個方向是竹林

飢餓燃燒於奮戰的兩線
四更了，居然還有些斷續的車燈
如此寂靜地掃射過
一方懸空的雙股

寅

雙子座的破曉，傾聽吧
大地湧動憤懣的淚
傾聽，匍匐的伴侶
不潔的瓜果

傾聽　東北東偏北
爆裂的春天　燒夷彈　機槍
剪破晨霧的直升機　傾聽

啊露意莎，波斯地氈對你說了什麼
泥濘對我說了什麼

卯

請轉向東方，當巨蟹
以多足的邪褻搖擺出萬種秋分的色彩
Versatile

我的變化是，啊露意莎，不可思議的
衣上刺滿原野的斑紋
吞噬女嬰如夜色
我屠殺，嘔吐，哭泣，睡眠
Versatile

請與我齊向東方悔罪
向來春奔跑的野兔
躍過溪澗和死亡的床褥
請你以感官的歡悅為我作證
Versatile

辰

在西方是獅（ESE 3/4 S）
龍是傳說裡偶現的東。這時
我們只能以完全的裸體肯定
一座狂喜的呻吟

東南東偏南，露意莎
你是我定位的
螞蝗座裡
流血最多

最宛轉
最苦的一顆二等星

巳

或者把你上午多露水的花留給我

午

露易莎，風的馬匹
在岸上馳走
食糧曾經是糜爛的貝類
我是沒有名姓的水獸
長年仰臥。正午的天秤宮在
西半球那一面，如果我在海外……
在床上，棉花搖曳於四野
天秤宮垂直在失卻尊嚴的浮屍河

以我的鼠蹊支持扭曲的
風景。新星升起正南
我的髮鬍能不能比
一枚貝殼沉重呢，露意莎？
我喜愛你屈膝跪向正南的氣味
如葵花因時序遞轉
嚮往著奇怪的弧度啊露意莎

未

「我願做你最豐滿的酒廠」
午後的天蠍沉進了舊大陸的
陰影。亢奮猶如丑時的金牛
吸吮復擠壓，洶湧的葡萄

洶湧的葡萄
收穫的笛聲已經偏西了
露意莎還在廊下飼鴿嗎？

偏西了，劇毒的星座
請你將她的長髮掩蓋我

申．酉

又是一支箭飛來
四十五度偏南：
馳騁的射手仆倒，擁抱一片清月

升起，升起，請如猿猴升起
我是江邊一棵哭泣的樹
魔羯的猶疑
太陽已經到了正西

戌

W N W 3/4 N
盛我以七洋的鹹水
初更的市聲伏擊一片方場

細雨落在我們的槍桿上

亥

露意莎，請以全美洲的溫柔
接納我傷在血液的游魚
你也是璀璨的魚
爛死於都市的廢煙。露意莎
請你復活於橄欖的田園，為我
並為我翻仰。這是二更
霜濃的橄欖園

我們已經遺忘了許多
海輪負回我中毒的旗幟
雄鷹盤旋，若末代的食屍鳥
北北西偏西，露意莎
你將驚呼
發現我凱旋暴亡

僵冷在你赤裸的身體

鑑　評

楊牧，本名王靖獻，台灣花蓮人，一九四〇年九月六日生，東海大學學士，美國愛荷華大學藝術碩士，柏克萊的加里福尼亞大學文學碩士及比較文學博士。曾任教於美國麻薩諸塞大學、普林斯頓大學及國立台灣大學、西雅圖華盛頓大學教授。楊牧以「葉珊」筆名結集的詩集有《水之湄》、《花季》、《燈船》、《非渡集》、《傳說》等。以後出版的《瓶中稿》、《北斗行》、《楊牧詩集》（一九五七—一九七四）、《吳鳳》（詩劇）、《禁忌的遊戲》、《海岸七疊》、《有人》、《完整的寓言》、《涉事》、《介殼蟲》、《長短歌行》等均以楊牧為名。另有評論集《傳統的與現代的》、《文學的源流》、《一首詩的完成》。編有《徐志摩詩選》、《現代中國詩選》等多種。

楊牧崛起於五十年代中期，早期詩風柔婉綽約，情理並陳，特別是處女詩集《水之湄》所揭開的「美妙之音」與「幽幽的火焰」，頗令當時的讀者深深渴想。爾後的《傳說》依然有美的隱約的回聲，卻已加入不少歷史的素材；「到《瓶中稿》則又觸及詩經的草木世界；行至《北斗行》，可見的不僅有蘇軾、曹植、史記、屈賦甚至尚書的語音，作者藉史詠事，寓古諷今，緬懷鄉關，均能揉成一體，深得中國現代新詩與古典相結合的真趣」（楊子澗語）。一九七七年台灣源成版《中國當代十大詩人選集》編者對他有以下的評鑑：「楊牧是位『無上的美』的服膺者，他的詩耽於『美』的溢出——古典的驚悸，自然的律動，以及常使我們興起對古代寧靜純樸生活的眷戀。他是一片出岫的雲，一句古寺的鐘聲，不需要你佇足，而是要你以心眼去感觸與夫深深的傾聽」。而張錯在其英譯《台灣現代詩選》介紹楊牧的一段話，也頗中肯，特引借如下：「無論易讀或不易讀，楊牧在詩中的『我』極為明顯，他是一個性情的詩人，無論詩內的聲音是局中或局外人，我都不難看出楊牧自我一貫悲天憫人的抱負，浪漫行吟的心情，尤其內涵豐沃，形式精心設計，實是學府研究的對象和典型，近年來社會意識不斷加強與介入，卻無損詩心，實在可喜」。

〈微雨牧馬場〉寫於一九六三年，初刊於《創世紀》第十九期（一九六四年一月），是作者在金門服預官役時期的作品，仍用葉珊之名，詩的總標題是〈寒天的日記〉，一共四首，另三首是〈江南風的雙眉〉、〈落在肩上的小花〉和〈寒天的日記〉。本詩純是作者在微雨中看視前線牧馬場的荒遼情景，有感而作。全詩氣氛陰鬱，意象喃喃，仍不脫早期的婉約。

〈第二次的空門〉，成於一九六九年，全詩仍以聲律之美敲打讀者的心田，詩中的你，應是作者的故友，而末節的我你他並列，抑或故布懸宕情節，難以界定。第二屆世界詩人大會（一九七二）在台北召開，大會特別安排本詩在晚會中朗誦，筆者曾躬逢其盛，聆聽之後餘音嫋嫋，情景依稀，猶之昨日。

〈十二星象練習曲〉為楊牧三十歲時的力作，曾獲第一屆「詩宗獎」。本詩以十二時辰與星座並列，實則是抒寫男女的性愛，每一節均有象徵的動作，歷歷如繪的描述，時而明喻時而隱喻，形象與實體交叉，尤其詩句之委婉，情節的推演均恰到好處，堪稱是一首集大成的現代性愛詩之組曲，請愛詩人不妨細加揣摩玩味。

杜國清（一九四一——）

蜘蛛

撐著一瓣薔薇花　等待著的　蜘蛛
穿著緇黑袈裟　盤坐著的　蜘蛛
寂寥的背影　蜷伏著的　蜘蛛

以生癩且僵化的肢腳　霸守著
一座方城觸霉的口腹擺出
旁若無人的態勢自囚在陰
暗的小天地咀嚼城垣下
眾多蚊子的屍體戴黑眼鏡
以自我為中心的獨裁者啊

以沾血且痲痺的肢腳　霸守著
蜘蛛　蜷伏著的　偽裝的德性
蜘蛛　等待著的　織善誘的謊言
蜘蛛　盤坐著的　默想虛偽的價值

鑑　評

杜國清，台中豐原人，一九四一年七月十九日生，台灣大學外文系畢業，日本關西學院大學文學碩士，美國史丹福大學文學博士，現任美國加州大學聖塔芭芭拉校區東方語文學系教授，曾應邀回國擔任台灣大學客座教授。《笠》詩刊創辦人之一。著有詩集《蛙鳴集》、《島與湖》、《雪崩》、《心雲集》、《望月》、《情劫集》、《愛染五夢》、《山河掠影》等，另有翻譯艾略特、西脅順三郎、波特萊爾等人的著作多種。

杜國清的創作始於六〇年代，他的心路歷程，似與個人學術研究過程息息相關，在台大讀書時，他醉心美國現代主義大師艾略特，赴日留學後又轉向日本超現實主義者西脅順三郎，並開始鑽研法國象徵主義先驅波特萊爾，赴美後，他卻回歸中國古典詩人李賀。然而杜國清本質上確是一位感情豐沛屬於浪漫、耽美的詩人。儘管在方法論上，從浪漫主義、現代主義而超現實主義，最後卻恣意在象徵主義的花圃裡馳騁。

杜國清的創作觀強調詩的「三味」，即是「驚訝、譏諷、哀愁」。並多次闡述此一論點，他說：「人類的靈魂對於驚訝感到樂趣，用諷刺對現實施以報復而感到滿足，而且在表現出人存在之哀愁於超自然的世界中獲得安慰」。又說：「『驚訝』是指詩的獨創性，『譏諷』是指詩的批判性，『哀愁』是指詩的感染性」。而使這三者密切結合，一首好詩可能於焉誕生。李魁賢曾經指證：「杜國清的詩多少帶有水仙花的精神。」誠屬至為允當。〈蜘蛛〉作於一九六五年，是一首經過作者精心排列的詩作。從外形看，它彷彿是一張迎風招展密密的網，實則係作者借詩寄意，暗喻當年某一、二當政者的狂人意識，從第二節中的某些語句自可窺見端倪。然而時至今日，國內民主思潮泛濫，某些民代不學無術，橫行霸道，其腐蝕社會人心士氣，莫此為甚，如若把此詩暗喻此等跳梁小丑之惡劣行徑，像蜘蛛一樣吞食弱小，似無不可。一首詩並非只有一種詮釋，歷經三十載的時間沖刷，本詩的弦外之音，有待考察與鑑定。

辛　牧（一九四三——）

飛

我們還要
飛
棲息，偶爾
嬉耍，偶爾
做一些應該做的

飛
成雙也不一定快樂
不成雙也不一定不快樂

我們還要

飛，不一定成雙
休息，不一定掉光羽毛

鑑評

辛牧，本名楊志中，台灣宜蘭人，一九四三年生，羅東中學畢業，長久任職於台塑企業中。早年辛牧與施善繼同受當時詩風影響，晦澀而難解，一九六九、七〇年間始以清明的語言寫詩，此後五、六年間，是其創作巔峰期，獲得極多讚賞，著有詩集《散落的樹羽》、《藍白拖》等。

辛牧、施善繼與蕭蕭是「龍族詩社」最早的催生者，一九七〇年冬天他們三人約集了林煥彰、林佛兒、喬林、景翔、陳芳明、蘇紹連，終於在一九七一年元月一日成立詩社，三月三日發行《龍族詩刊》，直至一九七六年五月共發行十六期，六年之間只發行十六期，期數不多，但影響頗大，陳芳明在《龍族詩選》序文〈新的一代新的精神〉中強調「龍族」精神就是入世的精神，從語言的運用來看，就是走樸素的路線（表現明朗風格有兩個主要趨向，一是詩的口語化，一是意象的簡化）；從題材的選擇來看，就是走多樣性的路線。因此，向陽在〈康莊有待〉論文中討論到《龍族評論專號》（一九七三年八月出版）的象徵意義，在「新世代文學反歸傳統、回饋本土、關切現實的第一面旗幟。」（見向陽著《康莊有待》第六十三頁，一九八六年五月東大圖書公司出版。）

辛牧的詩風就在加入「龍族」之後有極大的轉變，楊文雄曾言：「我們必須以同情的姿態去面對他的憤怒與不平，去探索他生命內裡的掙扎與吶喊，他對現實毫不留情的審判，我們只有敬謹的接受。」—（見彰化師大所印行之《現代詩學研討會論文集》第八十七頁）。

〈飛〉就是一首無奈的詩，飛，不一定成雙，成雙也不一定快樂。我們還是要飛。——這是既定的鳥的悲哀，有翅膀的悲哀，也就是人的悲哀。

席慕蓉（一九四三——）

一棵開花的樹

如何讓你遇見我
在我最美麗的時刻　為這
我已在佛前　求了五百年
求祂讓我們結一段塵緣

佛於是把我化作一棵樹
長在你必經的路旁
陽光下慎重地開滿了花
朵朵都是我前世的盼望

當你走近　請你細聽

那顫抖的葉是我等待的熱情
而當你終於無視地走過
在你身後落了一地的
朋友啊　那不是花瓣
是我凋零的心

·一九八〇年十月四日

在黑暗的河流上
——讀〈越人歌〉之後

燈火燦爛　是怎樣美麗的夜晚
你微笑前來緩緩指引我渡向彼岸
（今夕何夕兮　搴舟中流
今日何日兮　得與王子同舟）

那滿漲的潮汐

是我胸懷中滿漲起來的愛意
怎樣美麗而又慌亂的夜晚啊
請原諒我不得不用歌聲
向俯視著我的星空輕輕呼喚

星群聚集的天空　總不如
坐在船首的你光華奪目
我幾乎要錯認也可以擁有靠近的幸福
從卑微的角落遠遠仰望
水波盪漾　無人能解我的悲傷
（蒙羞被好兮　不訾羞恥
心幾煩而不絕兮　得知王子）

所有的生命在陷身之前
不是不知道應該閃避應該逃離
可是在這樣美麗的夜晚裡啊
藏著一種渴望卻決不容許

只求　只求能得到你目光流轉處
一瞬間的愛憐　從心到肌膚
我是飛蛾奔向炙熱的火焰
燃燒之後　必成灰燼
但是如果不肯燃燒　往後
我又能剩下些什麼呢　除了一顆
逐漸粗糙　逐漸碎裂
逐漸在塵埃中失去了光澤的心

我於是撲向烈火
撲向命運在暗處布下的誘惑
用我清越的歌　用我真摯的詩
用一個自小溫順羞怯的女子
一生中所能
為你準備的極致

在傳說裡他們喜歡加上美滿的結局
只有我才知道　隔著霧溼的蘆葦
我是怎樣目送著你漸漸遠去
（山有木兮木有枝　心悅君兮君不知）

當燈火逐盞熄滅　歌聲停歇
在黑暗的河流上被你所遺落了的一切
終於　只能成為
星空下被多少人靜靜傳誦著的
你的昔日　我的昨夜

附記：〈越人歌〉相傳是中國第一首譯詩。鄂君子皙泛舟河中，打槳的越女愛慕他，用越語唱了一首歌，鄂君請人用楚語譯出，就是這一首美麗的情詩。有人說鄂君在聽懂了這首歌，明白了越女的心之後，就微笑著把她帶回去了。但是，在黑暗的河流上，我們所知道的結局不是這樣。

．一九八六年六月十一日

鑑評

席慕蓉，蒙古察哈爾盟明安旗人，一九四三年生於四川重慶。北師藝術科、師大藝術系、布魯塞爾皇家藝術學院畢業，專攻油畫。曾獲中興文藝獎章新詩獎、布魯塞爾市政府金牌獎、比利時皇家金牌獎、歐洲藝展得歐洲美協兩項銅牌獎。曾任新竹師範學院美勞教育學系專任教授。著有詩集《畫詩》、《七里香》、《無怨的青春》、《時光九篇》、《在那遙遠的地方》（詩文合集）、《河流之歌》、《邊緣光影》、《迷途詩冊》、《我摺疊著我的愛》、《除你之外》等。

八〇年代初期，席慕蓉的《七里香》出版，一年之內，再版七次，創下了奇蹟似的紀錄，震動詩壇，第二年《無怨的青春》乘勝推出，再起風潮，數年之間，此二書不知再版了多少回，席慕蓉的詩成為少年男女的夢的最新寄託，詩壇一些人士極為恐慌（如渡也就曾撰寫〈有糖衣的毒藥〉加以評論），但曾昭旭卻不以為然，他認為席慕蓉是「藉形相上的一點茫然，鑄成境界上的千年好夢」，她不是為了烘染一個夢幻以供人寄情，曾昭旭說：「文學藝術，本來不是事實的敘述而是意境的營造，而所欲營造的意境，無論是真是善是美，是婉約是雄奇是恬澹，總歸是一個無限。但無限本來是不可言傳的，詩人藝術家遂只好剪取眼前有限的事相，予以重組成另一殊異的形貌，以暗示烘托象徵指引出詩人心中那永恆的意境。」因此，直接拿席慕蓉的詩來作「多愁年歲的安慰、或者重尋舊夢的觸媒」，也就不一定妥切了！（見〈光影寂滅處的永恆〉，《無怨的青春》第一九八、一九九頁）。

「每一個民族心裡都有詩」，席慕蓉在八〇年代後期詩作漸稀，專力於傳承蒙古文化，蒐羅蒙古現代詩，曾編輯《遠處的星光》（一九九〇年）在台出版，其先生戲稱她是「大蒙古沙文主義者」，蒙古已成為她心中永遠的牽掛。

〈一棵開花的樹〉是席慕蓉的名篇，其中有夸飾，有物與人合一的情境，有設想的情節，有深濃的情感與悲懷。〈在黑暗的河流上〉則展現席慕蓉冶抒情與敘事合於一爐的功力，藉古來的傳說與詩句抒寫現代人默默以對的一種深情。

喬　林（一九四三——）

基督的臉

我的眼眶里
沒有淚
我的汗珠里
沒有水
我的鬚髯里
沒有皮肉
我的鼻孔里
沒有呼吸
我的嘴脣里
沒有語言

鑑評

喬林，本名周瑞麟，台灣基隆人，一九四三年三月十一日生。十八歲畢業於瑞芳高工土木科，應聘為基層工程人員，先後參與林道、公路隧道、高速公路、核能電廠等工程施工，其間也曾遠赴沙烏地阿拉伯參與麥加至泰府間之公路工程，返國後曾入中國市政專科學校進修，現已退休。

早期是笠詩社同仁，喬林於一九六六年獲第一屆優秀青年詩人獎，一九七一年與林煥彰、施善繼、辛牧、陳芳明、蕭蕭等人創辦「龍族詩社」，在七〇年代「龍族」曾為台灣新詩壇注入一股生鮮活力。九〇年代以後，喬林又加入笠詩社為其同仁。著有詩集《基督的臉》、《狩獵》等，〈布農族〉、〈文具群〉則以連載方式發表。

七〇年代初期，喬林的龍族時期，其詩完全口語化，不忌淺俗，不忌重複，不離現實，不離生活，是當時以意象繁複為藝術之至上主義者之反動，其積極性較諸唐朝白居易的歌詩應為時事而作的見解，更見徹底。就喬林而言，他曾經有深密的語字試煉，周全的呼應認知，因此，即使平凡淺白，也不會使詩的結構鬆懈。以〈基督的臉〉而言，機械式的詩句裡，卻有著有機式的詩思成長，無淚無汗，無生無息，層層逼索「神」存在的意義，十分高超！

溫任平嘗言：「一個充滿哲學意味令人深思的主題，也許應該要用相當長的篇幅，相當繁富的意象，甚而必要時且需引玄學上的術語入詩以求成功的表現，可是喬林卻只用了幾個簡單的比喻，流暢而淺近的語句，而有力地托出了這個厚重嚴肅的哲學命題。」以〈基督的臉〉來看，正是這種四兩之中蘊有千斤的表現方法。

張　錯（一九四三——）

一鐔心事

這是一鐔清水般的碎萍心事
有些早春的慵懶
微帶一點鵝黃與青綠
語言輕軟細甜
彷彿溫柔一陣風過
從小圈的漣漪
到大圈的漩渦
都是耳邊擴散的叮嚀。

清水之下是一片淤泥
茁長兩三莖堅挺的夏荷

那已是好多年前的山中傳奇
賓主對坐，以月色
溶合茶色
並且推算一幅白茶花的歷史
然後出外賞荷
以一種荷葉舒坦的心情
秉燭夜遊。

罈中風雲凜冽
蘊藏多年秋深情懷
你臨罈俛望
酡紅的臉
分不出女兒紅還是滿江紅
你蘸酒舒頰
涼沁沁紅顏心事
深不可測
卻處處令人生疑。

罈中非荷非水非酒
像密封著渾厚的積雪
那是儲積多年無人知悉心事
小小的世界
兩人的相聚相愛並非徒然
一個龐大不可能的宇宙
內裡仍有一小點可愛的堅持
罈中永遠填也不滿是思念
像一首窗外的宋詞
從朝到暮
點點，滴滴。

鑑評

張錯，本名張振翱，曾使用筆名翱翱，廣東惠陽人，一九四三年十月廿五日生，早年自香港九龍華江英文書院畢業後，於一九六二年進入台灣政治大學西語系，結識王潤華、林綠、陳慧樺、淡瑩等人，共同創辦《星座》詩刊。一九六六年大學畢業後回港，次年進入美國猶他州楊百翰大學英文系進修，一九六九年獲碩士，繼又進入西雅圖華盛頓大學，獲比較文學博士。一九七四年起，任教於南加州大學比較文學系、東亞系迄今，曾一度回台擔任國立政治大學及中山大學客座教授。著有詩集《過渡》、《死亡的觸覺》、《鳥叫》、《洛城草》、《錯誤十四行》、《雙玉環怨》、《漂泊者》、《春夜無聲》、《檳榔花》、《滄桑男子》、《流浪者之歌》、《傷心菩薩》等。論評集《從莎士比亞到上田秋成》。編有《千曲之島》（台灣現代詩選）等多種。

張錯起步甚早，由於深受西方現代主義的陶冶，早期的詩，充滿自負而又徬徨無主的感覺，但由於他狂烈的感性與詩中的摯情，揮灑過於勇猛，好比一個浪頭接著一個浪頭，每每令人目不轉睛，而又迴旋在他快速消逝一個個繽紛的意象中。以後閱歷漸增，涉獵更廣，其詩風也幾經蛻變，由早期的輕逸、形而上，漸趨近期的深摯與穩重。或如楊牧所指：「於長期的思維感觸中，拔起一分寓凄涼於溫情，合憂傷與喜悅於一爐的抒情風格。」又說：「詩中產生一種流動的光彩，直接，樸實，透明，卻又不斷從無奈潑向解脫。」……〈一鐔心事〉，成於一九九一年九月，是一首言輕意密的情詩。

本詩曾被選入《八十年詩選》，當屆主編人李瑞騰有極深入淺出的解說：「張錯的這〈一鐔心事〉關乎愛情，所謂『儲蓄多年無人知悉』，可以肯定的說，這是一首懷舊的愛情詩。詩分四段，每段第二行藏有一個季節，分別是春、夏、秋、冬，正表示情感的轉變軌跡，從情生到可以夜遊，到深不可測令人生疑，到密封起來。到現在他仍堅持『鐔中永遠填也不滿是思念』。」開頭筆者說過，本詩言輕意密，當你細讀兩遍之後，自會體察得出，它或許「像一首窗外的宋詞」，從朝到暮，在你的心頭點點滴滴，迴旋不已。

汪啟疆（一九四四——）

馬公潮水

步履如水淹來……
海浪自額上升起
白皓皓的，白皓皓的
浪老了。年輕的海來訪過他
手掌按上
那名姓斑剝某先生的
頭顱　探探熱度
就退走了

某某衹剩這頭顱露著
大地硬被扯上身來

身軀冰冷
世界是否發燙?
守墳的紙人看著海來
又看著海去

我怎麼懂得這潮水來去?在這墳頭
我揉揉才三十歲的額。

鑑評

汪啟疆,湖北漢口市人,一九四四年一月十一日生,海軍官校畢業,曾任三軍大學教官、驅逐艦艦長、艦令部作戰處處長、艦隊長、海軍總部作戰署署長等。先後曾加盟「水星」、「創世紀」、「大海洋」詩社。曾獲第四屆中國時報敘事詩優等獎,國軍新文藝多次長、短詩金像獎,著有詩集《夢中之河》、《海洋姓氏》、《海上的狩獵季節》、《台灣海峽與稻穀之歌》、《季節》等,散文集《攤開胸膛的疆域》等。

汪啟疆正式發表詩作,始於一九七一年一月的《水星》詩刊創刊號,他的一組詩〈青塵及其他〉就是刊在首頁,當時編者對他的評語是:「當汪啟疆在其處女詩作〈燈的血〉中詠出:『燈下,你把許多頭顱,花仔般插向借來的眼睛』時,我們業已認定這個年輕小伙子的不凡的才情,雖然他的某些語言稍嫌青澀，但相信時間會補足一切」。接著他的詩作，即像大鵬展翅，向《創世紀》、《山水》、《詩人季刊》、《消息》、《大海洋》……等諸多詩刊進軍，到八〇年代末，他已經有三百多首詩作投入詩壇，其中有不少是以海洋為吟誦的對象。

台灣現代詩壇經營海洋詩較有成就者，早期當以覃子豪於一九五三年四月出版的《海洋詩抄》為代表，稍後則有鄭愁予的〈水手刀〉、〈貝勒維爾〉，瘂弦的〈遠洋感覺〉，〈船中之鼠〉為承接者，但都是點到為止；直到汪啟疆的出現，中國海洋詩似乎開了新局。作者不僅長年生活在海上，他甚至把海當作「藍土壤」，把海當作「廩倉」，把海當作「鏡子」、「嬰兒」以及「童話書」……在〈大海在門口催促〉一詩中，他更豁然脫口而出——

把海抓進來
鎖住它
不讓它開口

林燿德在〈論汪啟疆的海洋主題〉一文的結尾特別指出：「豐富的想像力，扎實的航海經驗，寬闊與包容的世界觀，一顆誠摯而開放的心，使得汪啟疆的許多海洋詩篇，為華語文學提供一個嶄新的、無限的視野」。堪稱相當持平之論。

〈馬公潮水〉雖為汪啟疆的早期詩作，由於作者取景布局頗富機心，致使全詩充滿深沉而又躍動的生命感，一開頭「步履如水淹來，海浪自額上升起」，即令人想像飛躍，設想一個海軍青年，在馬公海濱的一個墳頭，看潮水的起起落落，心中自是感觸萬千，不能自己。……直到結尾，作者揉揉自己才三十歲的額，怎不令人徒興生命之無常與無奈之長嘆？

落　蒂（一九四四——）

一隻翠鳥

一隻翠鳥
在窗外歌唱
我把窗戶打開
窗外
一片寂寂

一隻翠鳥
在空中歌唱
我望向天空
空中
一片漠漠

一隻翠鳥
在夢中歌唱
我把頭埋入被中
埋入更深的夢中

鑑評

落蒂，本名楊顯榮，一九四四年出生於嘉義，先讀台南師範普師科，又讀高雄師範學院英文系獲得學位，並曾進入台灣師範大學英語研究所就讀。擔任民雄高中、北港高中英語教師職責，曾任「風燈」詩社主編，創辦《詩友》季刊，主編《文學人》季刊，擔任泰國、印尼《世界日報》「小詩賞析」專欄作者。現為《創世紀》詩雜誌社社長。落蒂活躍詩壇，曾獲新詩學會優秀詩人獎、詩運獎、詩教獎、文藝協會論評獎、五四榮譽文學獎章。著有詩集《煙雲》、《春之彌陀寺：落蒂詩集》、《詩的旅行》、《中英對照落蒂短詩選》、《一朵潔白的山茶花》、《詩寫台灣》、《風吹沙》等七部。另有賞析型評論作品《中學新詩選讀——青青草原》、《兩棵詩樹——詩神的花園》、《詩的播種者》、《尋找詩花的路徑》、《六行寫天地》、《大家來讀詩》、《台灣新詩人論》等七部。

穿越一甲子、橫跨兩世紀的《創世紀》（一九五四——），六十年來一向以超現實主義為尚，落蒂詩作、詩評則維持曉暢明朗的均一風格，在《創世紀》眾多前輩詭譎詩風中，堅持風燈的腳色，獨自搖曳，不知在創社六十年後擔任社長職位、年滿七十歲年紀的落蒂，能否為台灣詩壇再創詩社威風，新生代詩人都拭目而待。

〈一隻翠鳥〉的寫作方式，或可作為落蒂詩作的入門鎖匙，師院體系出身的落蒂不會矯情，有話直說，前兩段都以開門見山的方式，直言「一隻翠鳥在窗外（空中）歌唱」，這種語境彷彿中學教師在對學生言說，層次分明，從近距離的窗外，到遠距離的空中，未有不可解的地方，直到每一段的末句，把窗戶打開、望向天空，出乎意料之外，不僅未見到翠鳥之翠，卻聽得一片寂寂、漠漠，不聞翠鳥聲。這樣的安排令人感到突兀。但到了第三段，終於揭曉出這是在夢中歌唱的一隻翠鳥，不是現實窗外可聽聞、現實空中可聆賞的一隻翠鳥叫聲，若是，由第一段的窗外、第二段的天空，突轉為「夢中」，將讀者帶入非現實的另一場景，顯現出《創世紀》詩人的特有色彩。

至於為什麼要「埋入被中／埋入更深的夢中」，讀者或許可以與自己的生活體會相互驗證，或許可以有不同的領會。

吳晟（一九四四——）

泥土

日日，從日出到日落
和泥土親密為伴的母親，這樣講——
水溝仔是我的洗澡間
香蕉園是我的便所
竹蔭下，是我午睡的眠床

沒有週末，沒有假日的母親
用一生的汗水，辛辛勤勤
灌溉泥土中的夢
在我家這片田地上
一季一季，種植了又種植

日日，從日出到日落
不了解疲倦的母親，這樣講——
清涼的風，是最好的電扇
稻田，是最好看的風景
水聲和鳥聲，是最好聽的歌

不在意遠方城市的文明
怎樣嘲笑，母親
在我家這片田地上
用一生的汗水，灌溉她的夢

我不和你談論

我不和你談論詩藝
不和你談論那些糾纏不清的隱喻

請離開書房
我帶你去廣袤的田野走走
去看看遍處的幼苗
如何沉默地奮力生長

我不和你談論人生
不和你談論那些深奧玄妙的思潮
請離開書房
我帶你去廣袤的田野走走
去撫觸清涼的河水
如何沉默地灌溉田地

我不和你談論社會
不和你談論那些痛徹心肺的爭奪
請離開書房
我帶你去廣袤的田野走走
去探望一群一群的農人

如何沉默地揮汗耕作

你久居鬧熱滾滾的都城
詩藝呀！人生呀！社會呀
已爭辯了很多
這是急於播種的春日
而你難得來鄉間
我帶你去廣袤的田野走走
去領略領略春風
如何溫柔地吹拂著大地

鑑　評

吳晟，本名吳勝雄，彰化溪州人。一九四四年九月八日生，省立屏東農專畢業，現任溪州國中教師。曾獲中國現代詩獎，應邀赴美國愛荷華大學「國際作家工作坊」訪問。著有詩集《飄搖裡》、《真摯與奔放》、《吾鄉印象》、《泥土》、《向孩子說》、《他還年輕》等。

鄉土詩，到了吳晟出現才有了比較清楚的面貌。吳晟一生與泥土為伍，腳踩泥土，手寫泥土，泥土是一部很厚很厚的書，世世代代讀不完。「詩風樸實，自然有力，以鄉土性的語言，表現時代變化中的愁緒，真摯感人。」因而獲得第二屆「中國現代詩獎」，吳晟的鄉土詩從《吾鄉印象》開始，至《泥土》而蔚為大觀，以親近鄉土始，以保衛鄉土為其職志，傳承護泥愛土之風為其終極目標，《向孩子說》就是這種覺醒下的作品。

「我的作品，大都是從實實在在的生命體驗中醞釀而來。泥土的穩實、厚重、博大，傳統的中國廣大農民，不矯飾，不故作姿態，真真誠誠對己對人的敦厚品性，始終深深引我嚮往和企慕。」（見《真摯與奔放》第九頁）。吳晟如此剖析自己詩作之所由來。周寧也認為：「吳晟的成就之一，是他的詩伸入了鄉土豐富的語言中攝取養料，適切而忠實地反映了周圍的人們。他不僅抓住了面貌，並且深入他們的精神、信仰以及情感的內層，真摯地描繪出那些拙樸的臉孔及一幅幅動人的圖畫，打動著每一顆熱誠的心靈。」周寧指出吳晟的成就，不僅是泥土的深耕，特別是在人性與人情的掌握，這樣的認知才是吳晟能否繼續探索下去的原創力。

顏炳華在〈吳晟印象〉中說：「吳晟的詩誠然不是流行性的，也不光采奪目，但在他如泥土般真摯厚重的作品中，我們卻可從平實中見深情，從平淡中見深刻。」（見楓城版《吾鄉印象》第一九四頁）。新詩無所謂流行不流行，鄉土的題材原來就適合拙樸的語言。恰如其分，正是吳晟鄉土詩的真正本質。因此，吳晟的唯一成就即在確立鄉土詩之美與真，及確保鄉土之力與勁，越此，非吳晟之力所能及，吳晟也無心踰越。〈泥土〉寫出吳晟令堂以一生的汗水灌溉泥土中的夢，表達農婦對泥土至深至真的愛。〈我不和你討論〉更直率地表達了行動派的務實作風，討論詩藝、人生、社會爭奪，不如直接踏向田野，去領略吹拂著的大地。吳晟的詩率皆如此使用排比句型，備具複沓效果，頗有詩經國風之餘習，文字則淺白可通，不事雕琢。

尹　玲（一九四五——）

髮翻飛如風中的芒草

雖已經年而仍未洗淨的那
廣場　映入眼眸之後
髮就翻飛如風中的芒草
　　　不論春秋

十二月　囂聲處處
彷彿哀傷已過
紅花綠草恣意升滿　期待
想像的
鐘聲　能在
平安夜

自人間響起

髮卻不作如是想　夜夜登臨
二十世紀末的危樓
曳著五千年的心事
拍遍世上欄杆

極目西北　仍望不見
　　漾在一片月裡的擣衣聲
　　可憐無數兒女心
長安　竟只是辨認艱難的
薄霧半縷
再無人想追問
那隻燕子後來的飛處
畢竟　堂前或巷口
　　夕陽斜或不斜
只與天知道

恨只恨　千百年後
那髮
猶兀自翻飛
直若風中　十二月的芒草

鑑評

尹玲，本名何金蘭，廣東大埔人，一九四五年生，台灣大學國家文學博士，巴黎第七大學文學博士，曾任淡江大學中文系、法文系教授，《台灣詩學》季刊社同仁。著有詩集《當夜綻放如花》、《髮或背叛之河》、《故事故事》等，論集《文學社會學》、《五代詩人及其詩》、《蘇東坡與秦少游》。

尹玲早年是越南僑生，戰火帶給她無比的傷痛，一九六九年她以僑生身分來台求學，每當午夜夢迴依稀硝煙砲火血影，仍在眼前閃爍，無止無盡。是以她的處女詩集《當夜綻放如花》，卷首第一輯，即收錄了不少追憶刻繪戰爭景象的詩篇：如〈你是刀鑴的一枚名字〉，〈今夜，你使我落淚〉，〈那把剪刀〉，〈你仍在眼睛的射程之外〉，〈血仍未凝〉……。瘂弦對她的戰爭詩十分讚賞：「詩原是心靈生活的集中體現，尹玲的戰爭詩之所以動人，乃是來自於切身的慘痛經驗，原本超出語言以外，卻被她凝結在語言之中。她在詩的創作上，以寫戰爭的作品最特殊、最動人。〈血仍未凝〉是她戰爭詩的代表作之一。戰爭所流淌的血永遠不會凝固，而戰爭所帶來的傷口永遠也不會結疤」。試看該詩第二節：

你是被囚的鷹
煙硝之下，雙翼終將折去
夜的酣睡裡你獨守更漏
剖析每一滴聲音的可能變數
日日禁足方丈小樓
直至風起
劫走你天空中最愛的一葉婉約

作者抒寫越戰初期少男少女躲避鷹犬們搜捕的悲慘心境，一步一個陷阱，一字一滴鮮血，或許「一眼便成千古」。

〈髮翻飛如風中的芒草〉，曾收入《八十年詩選》。戰爭血洗的情景，依然在作者的心中迴盪，從而掀起詩人更巨大的歷史的惆悵，人類為何不能像平安夜那樣，鐘聲永遠響徹，於是李白的「長安一片月，萬戶擣衣聲」，劉禹錫的「烏衣巷口夕陽斜」的意象次第湧現，借古鑑今，自是必然。李瑞騰曾剖析這首詩：「想來這髮之翻飛絕不只是個人之恨，而是整個時代的，整個中國的」，確是一語點破。

九歌文庫 1245

新詩三百首百年新編（1917-2017）
台灣篇1

主編	張默、蕭蕭
執行編輯	鍾欣純
創辦人	蔡文甫
發行人	蔡澤玉
出版	九歌出版社有限公司 臺北市八德路3段12巷57弄40號 電話／25776564・傳眞／25789205 郵政劃撥／0112295-1
九歌文學網	www.chiuko.com.tw
印刷	晨捷印製股份有限公司
法律顧問	龍躍天律師・蕭雄淋律師・董安丹律師
初版	2017年2月
定價	480元

書號　F1245
ISBN　978-986-450-106-9
（缺頁、破損或裝訂錯誤，請寄回本公司更換）

國家圖書館出版品預行編目(CIP)資料

新詩三百首百年新編. 臺灣篇 / 張默, 蕭蕭
主編. -- 初版. -- 臺北市 : 九歌, 2017.02
冊 ;　公分. -- (九歌文庫 ; 1245-1246)
ISBN 978-986-450-106-9(第1冊 : 平裝). --
ISBN 978-986-450-107-6(第2冊 : 平裝)

831.86　　105025294